中华先锋人物
故事汇

谷文昌

绿色蝴蝶

GU WENCHANG
LUSE HUDIE

吴尔芬 著

党建读物出版社　接力出版社

图书在版编目(CIP)数据

谷文昌:绿色蝴蝶/吴尔芬著.—北京:党建读物出版社;南宁:接力出版社,2019.4
(中华人物故事汇.中华先锋人物故事汇)
ISBN 978-7-5099-1083-2

Ⅰ.①谷… Ⅱ.①吴… Ⅲ.①传记小说-中国-当代 Ⅳ.①I247.5

中国版本图书馆CIP数据核字(2018)第276584号

谷文昌——绿色蝴蝶

吴尔芬 著

| 责任编辑:李雅宁 何 羽
| 文字编辑:肖 贵
| 责任校对:张琦锋 王 静 高 雅
| 装帧设计:严 冬 许继云   美术编辑:高春雷
| 出版发行:党建读物出版社 接力出版社
| 地 址:北京市西城区西长安街80号东楼(邮编:100815)
| 　　　广西南宁市园湖南路9号(邮编:530022)
| 网 址:http://www.djcb71.com　http://www.jielibj.com
| 电 话:010-65547970/7621
| 经 销:新华书店
| 印 刷:保定市中画美凯印刷有限公司
| 2019年4月第1版　2023年6月第11次印刷
| 787毫米×1092毫米　32开本　4.25印张　60千字
| 印数:96 001—101 000册　定价:18.00元

版权所有 侵权必究

质量服务承诺:如发现缺页、错页、倒装等印装质量问题,可直接联系本社调换。
服务电话:010-65545440

目 录

写给小读者的话 ……………… 1

中国独一无二的习俗 ………… 1
床为什么没有脚 ……………… 5
这个县长要做白日梦 ………… 15
牛绳能测绘出沙荒地图吗 …… 23
我就是当今的愚公 …………… 33
木麻黄是何方神树 …………… 41
清明节谁敢走夜路 …………… 45
没有树,谁都不安宁 ………… 51
男人的眼泪 …………………… 57
三棵树,三颗定心丸 ………… 63

你种得活树，我把胡子
　　拔下来给你洗马桶 ········ 69
不治服风沙，就让风沙
　　把我埋掉 ············ 75
狗吃猪肝有罪 ············ 83
树种多了，自然就悟出来了 ··· 87
下雨就是命令 ············ 93
谁折断一根树枝，就是
　　折了我的手指 ········· 97
小喇叭里谈种树 ·········· 103
砍一棵树，罚种一千棵 ····· 109
"沙土蝴蝶"变成
　　"绿色蝴蝶" ·········· 115
永远的思念 ············· 123

写给小读者的话

亲爱的小读者,在中国的东南沿海、福建省的最南端,有一座蝴蝶形的岛屿,面积只有二百二十平方公里,它就是东山岛。东山岛属于东山县,新中国成立前,东山岛风沙太大了,埋了村庄,吞了田园,生存环境十分恶劣,群众受不了,就外出逃难。

一九四九年,当过乞丐、做过长工和石匠的谷文昌来东山县担任县长和县委书记,他发誓:"不治服风沙,就让风沙把我埋掉!"

谷文昌研究制订了治理风沙的方案,先后八次组织干部群众筑堤拦沙,挑土压沙,植草固沙,种树防沙……但是,多次以失败告终。

谷文昌不气馁，不妥协，他尊重科学，反复实验，探索种植木麻黄树，全县造林八万二千亩，四百多座沙丘和三万多亩荒沙滩完成绿化，全岛一百九十四公里长的海岸线上筑起了"绿色长城"。

东山岛居民从此彻底摆脱风沙，让东山岛这只"沙土蝴蝶"变成"绿色蝴蝶"。人们生活在绿树成荫、花红草绿的优美环境中。谷文昌兑现了誓言，创造了奇迹。

东山岛有一个独一无二的习俗：清明节要"先祭谷公，后拜祖宗"。"谷公"就是群众最爱戴的谷文昌。一个县委书记去世三十多年了，百姓还铭记着他，这是为什么呢？这本书就是要讲述背后那些感人的故事。

中国独一无二的习俗

福建省最南端的东山岛,关于中轴线基本对称,像一只展翅飞翔的蝴蝶。东山岛面积只有二百二十平方公里,步行一天就可以绕岛一圈。东山岛虽然小,名气却很大哟!六十年前,一位石匠出身的县委书记,带领东山人民把风沙肆虐的荒凉海岛变成了东海绿洲,把这只"沙土蝴蝶"变成了"绿色蝴蝶"。这位县委书记的名字叫谷文昌,上网搜索一下这个名字,有关他的信息多得数都数不过来。

东山岛有一个在全国独一无二的习俗:清明节要"先祭谷公,后拜祖宗"。"谷公"是谁呢?对了,就是我们敬爱的谷文昌爷爷。如果你来到位于东山岛赤山林场的谷文昌陵园，就会看见谷公坟前摆放着一个花岗岩香炉，香炉上刻着"谷公——人民敬仰"六个字。你会发现，这个平常的香炉来自民间，香炉上的字也不是什么书法家题写的，是一笔一笔刻上去的，那可是工匠的一片心血呢。

这个香炉让人心潮澎湃：一个县委书记去世三十多年了，百姓还铭记着他，这是为什么呢？背后隐含着哪些感人的故事？

好了，下面就让我们来讲讲谷文昌爷爷的故事。

六十年前的东山，每年都要刮台风。一年三百六十五天，刮六级以上大风的时间超过一百五十天，也就是说，一年四季差不多有一半时间在刮大风。全岛面积二百二十平方公里，林地仅仅一百四十七亩，计算一下，森林覆盖率只有0.12%。天哪，这一丁点的树木，怎么挡得住风沙？怪不得一旦狂风吹起，就沙尘滚滚，遮天蔽日，像电影里的沙漠风暴。

风沙不断吞没家园，一天又一天，一年又一

年，东山岛的父老乡亲在风中挣扎，在沙中刨食。风沙劈头盖脸，人们揉坏了眼睛，眼病泛滥。那时候，地处风尖的山口、湖塘两个村，一千六百多名村民中，有四百多人患红眼病和烂眼病，甚至有四十多人成了盲人和半盲人。

山口村的风沙最严重，村民"春搬沙，夏种地，秋抢收，冬又埋"。为了活命，只好拖儿带女四处漂泊乞讨，全村九百多口人，常年流落在他乡讨饭的就有六百多人，山口村成了远近闻名的"乞丐村"。

"这里不是住人的地方呀！"老一辈的人都这么说。那时候的东山老百姓，十个中就有一个到海外谋生，出外当乞丐的更是不计其数。

"大风起兮沙飞扬，民生苦兮号凄凉。"这两句诗描写了当时的东山，大风吹起，沙土飞扬，老百姓的生活困苦凄凉。还有更通俗的一首民谣，反映当时东山的状况："夏天出门沙烫脚，走起路来三七抽。秋冬风沙难睁眼，无处倾吐苦和愁。"

山口村是全东山岛土地最贫瘠、风沙最严重的贫穷村庄，村里祖祖辈辈流传的民谣更让人心酸：

"沙滩无草光溜溜，风沙无情田屋休。春旱无雨粮草绝，作物十种九无收。夏天出门走火路，走起路来三七抽。秋冬风沙扑目睭，何时能解苦和愁。"

"三七抽"是本地方言，意思是在风沙中行走，往前走十步要后退三步；"目睭"是眼睛的意思。

这么严重的沙灾，这么恶劣的环境，谷文昌能改善吗？

床为什么没有脚

一九五三年八月的东山岛,如同一座火山,漫漫风沙铺天盖地,让人睁不开眼。沙滩冒起热气,远处的简陋民房像是要蒸发了。当时还是县长的谷文昌身穿蓝色带补丁的中山装,脚下是一双破旧的军鞋,肩上挎着军用水壶和军包,军包里装着笔记本和两个馒头。谷文昌走起路来有点向右倾斜,这是他打石头、扛石块那阵子留下的毛病,是石匠的体态。

谷文昌顶着漫天风沙朝山口村艰难地跋涉,碰到一群村民,身上穿得破破烂烂,手上提着空篮子,拄着棍子。他们这是要去干什么?

谷文昌上前问其中一位老阿婆:"老人家,你们是哪个村的？要去哪里呀？"

阿婆回答："我叫沈万岱，我们都是山口村的，要去赶集。"

这个行头不像赶集呀！谷文昌是穷苦石匠出身，怎么会看不出来？

谷文昌故意问："你们去集市，是要买还是要卖呀？"

老阿婆被这个问题难住了：如果回答要买，他们不像身上带钱的人；如果回答要卖，怎么都挎着空篮子？

老阿婆急哭了，大家这才支支吾吾说出实情：他们是去乞讨的。

谷文昌大为震惊："乞讨？政府不是已经给大家分田地了吗？"

老阿婆说："地是分了，可都被风沙埋了。不外出讨饭，待在家里吃什么？"

老阿婆的话，深深刺痛了谷文昌。童年时代受苦受难的谷文昌，深知逃荒乞讨的凄惨和悲凉。他含着热泪，动情地对逃荒的村民说："乡亲们，我是县长谷文昌，我对不住你们呀！乡亲们回去吧，

请相信政府，我们一定要把风沙治住，日子会好起来的。"

大家惊讶地打量谷文昌，你看看我，我看看你：怎么会有这样的县长呢？在他们的观念中，县长可不是这样平易近人的。

好吧，既然是县长发话，就相信他一次，大家迟疑不决地回到村里。

村民虽然回了家，谷文昌却愁眉紧锁。他意识到，要改变东山的现状，最重要的是必须彻底改变恶劣的环境，也就是要从治沙着手，从根本上解决东山县老百姓的生存问题。

离开山口村，谷文昌向湖塘村走去。

湖塘村在东山岛东面，依傍西埔港湾，村前是沙滩，村后是沙滩，左右也是沙滩。村与村之间是沙滩，户与户之间还是沙滩。谷文昌走的当然是沙路，因为除了沙路，没有别的路可走。

刚刚进村，谷文昌就看到几十个衣衫褴褛的村民，正在为一户农家扒去沙堆。

"这是怎么回事？"谷文昌问。

村民告诉他："每天一早起来，就要把家门口的沙堆扒去。今天不扒去沙堆,明天一早就出不了门。"

谷文昌走进一户人家,这家的男主人叫蔡海福。蔡海福的家里除了一位年迈缠小脚的母亲、一位年轻的妻子、一个年幼的女儿,就剩两张床。蔡海福夫妻的木床摆在沙土地上,没有床脚;他母亲房间的床,同样没有床脚。床脚到哪里去了呢?谷文昌很好奇。

走进厨房,谷文昌看到几块晒干的牛粪和两根没烧完的床脚,谜底揭开了。原来,湖塘村的周边全是沙滩,根本找不到柴火,蔡海福只有捡牛粪当柴烧。没有树,没有草,牛也养不活呀,牛又不吃沙子,哪来的牛粪?捡不来牛粪,蔡海福只好把两张床的八根床脚拆下来当柴烧。

家里没有桌椅板凳,谷文昌只能站着和蔡海福说话。蔡海福听说站在眼前的平常人是东山县县长,虽然县长平易近人、和蔼可亲,蔡海福还是战战兢兢,不管怎么说,这个叫谷文昌的人毕竟是个"知县"哪!

"我也是农民啊!"谷文昌生怕群众把自己当

成"官儿",微笑着凝视眼前这位农民。

新中国成立前,蔡海福家里的三亩地被风沙吞没,为了活命,他攥住父亲的衣角外出逃荒,流落到广东的南澳当乞丐。那时候的中国兵荒马乱,逃到哪里都吃不饱肚子。父亲在野外饿死了,蔡海福一路哭着回到东山,靠打杂艰难度日。

新中国成立后,蔡海福分到了土地,他第一次拥有土地,看得比自己的命还重。风沙掩埋了土地,蔡海福扒开,再掩埋,再扒开,可是再有力气也终归战胜不了风沙呀。蔡海福在自己的土地周边种树防沙,第二天早上一看,连树苗都被风沙掩埋了。蔡海福那个绝望啊,比讨不到饭吃还难受。

蔡海福的脸上被风沙刻出一道道皱纹,谷文昌从这些深深的皱纹里看出他不屈的性格。得知蔡海福和自己年龄相仿,是个吃过苦受过难的人,而且对改变东山的恶劣环境有自己的想法,谷文昌把他当作好朋友,两人像兄弟一样亲热。

谷文昌打石头、扛石块落下了胃病和肺病,回到县城的家里,他不停地吸烟,不停地咳嗽,心事更重了。

妻子史英萍端了杯开水走进来说："老谷，歇息吧，这么晚了，有事明天再思量。"

谷文昌接过水杯喝了一口，说："英萍啊，今天我遇到了山口村出来逃荒乞讨的村民，就像遇到老家当年逃荒的乡亲，心里难受啊！老家乡亲因为旱灾四处逃荒，东山百姓因为风灾背井离乡。"

"是啊，家乡有首民谣：光岭秃头山，水缺贵如油。豪门逼租债，穷人日夜愁。东山也有民谣：春夏苦旱灾，秋冬风沙害。一年四季里，季季都有灾。多么相似的命运啊！都说咱们太行山的百姓苦，在我看来，东山的百姓更苦。太行山干旱缺水，粮食绝收还可以挖野菜充饥，可东山是风沙加干旱，这里'三日无雨火烧埔，一场大雨水成湖'。粮食绝收，连野菜都没的挖，只有沙子，沙子能吃吗？"史英萍感慨。

谷文昌接过妻子的话头："我最近下乡，看到村里姑娘出嫁，陪嫁的竟然是几担井水。我还看到村民用麻绳绑住孩童，吊进井底去淘一点儿救命水。真的是'风沙淹田牛上屋，父母嫁女水陪嫁'。虽然东山解放了，但东山人民还没有摆脱苦难啊!"

面对多灾多难的群众,谷文昌吃不好饭,睡不好觉,连做梦都想着怎样战胜风沙,根治旱涝。他反复思考一个问题:群众分到了土地,但种不出粮食,分地又有什么用呢?

这样一个世代受苦的地方,谁不想改变它的面貌!但是,前人为什么改变不了呢?我们要怎么改,怎么变?为什么很多人会感到无能为力?谷文昌动情地对县政府的同志们说:"我们不能做自然的奴隶,不能听天由命,不能在困难面前退缩!要向风沙宣战,条件再差也要建设社会主义!"

经过多次讨论,县委、县政府的思想统一了:"挖掉东山穷根,必先治服风沙。"

开完会已是深夜。谷文昌推开窗户远眺,今夜是大潮,海湾传来深沉的涛声,如同百姓的呼唤,一阵一阵撞击他的心。"不救民于苦难,我来东山干什么?"一个从根本上改变东山人民生存环境的构想,在谷文昌的脑海中形成。

东山岛有一座苏峰山,是全岛的最高峰,称为"苏柱擎天"。谷文昌想登上这座东山的"珠穆朗玛峰"，更想从最高处俯瞰东山的全貌。

这天，谷文昌带上通信员陈掌国攀登苏峰山，山上除了零星的杂草和灌木，更多的是裸露的岩石和黄土，基本没有植被。登上山顶，谷文昌眼前豁然开朗：整个东山岛就像一只展翅的蝴蝶，停在碧波万顷的海面上。蝴蝶的前两翼狭长突出，面对东海，后两翼面向大陆，中间隔着八尺门海峡。可惜的是，这是一只缺少色彩的"沙土蝴蝶"，因为岛上没有植被，蝴蝶就没有生机。

治理风沙是东山岛的百年难题，明朝和清朝各留下一块石碑，官府在碑文中沉痛陈述沙灾的危害，然后劝百姓离开东山，另寻生路。这是什么狗屁官府？谷文昌在心里骂道。

谷文昌坐在一块石头上，顶着烈日，迎着海风，吸着香烟，陷入深深的思索。一定要让这只"沙土蝴蝶"变成"绿色蝴蝶"，在祖国的东海飞起来。可是，治理风沙绿化海岛，说起来容易，做起来千难万难，应该从哪里做起呢？

这个县长要做白日梦

春节过后,谷文昌按计划实现自己的梦想,做的第一件事就是带领全家人去种树。

谷文昌要妻子史英萍准备好劳动工具,史英萍因为手脚不便,不高兴了:"我也要去吗?"

"当然要,一家人不一起去,群众怎么会相信我种树的决心?"谷文昌回答完妻子,又交代儿子:"豫闽,你去准备些粪肥。"

谷豫闽一听要他去县政府大院的厕所淘粪便,惊叫起来:"什么?让我去淘粪?我不干!"

谷文昌满脸严肃,什么话也不说,只用锐利的眼光上下打量儿子,那意思是:农民的儿子可以淘粪,你就不可以吗?

谷豫闽噘着嘴慢慢挪动步子，出门了。女儿谷哲慧不等父亲点名，跟在弟弟身后也出门了，她知道弟弟调皮，会把事情搞砸，要去帮一把。谷文昌会心地一笑，他就是要让两个孩子锻炼一下，亲身体验农业生产的艰辛。

很快，两个孩子回来了，脸上都沾着粪污。

谷文昌问："粪肥准备好了吗？"

"准备好了。"谷豫闽兴奋地报告。

"这么快？怎么可能？"谷文昌起了疑心。

"是陈掌国叔叔帮的忙。"谷哲慧低头说。她不敢正视父亲，知道父亲不希望他们靠别人来完成任务。

"这个陈掌国！"谷文昌无奈地摇摇头说，"好，能做好就行了，明天出发。"

谷哲慧和谷豫闽都挺高兴，觉得种树跟郊游差不多。

第二天，东山岛的风很大，寒风穿透衣裳，灌入人的身体，夹带的细沙附着在皮肤上，让人觉得浑身难受。白埕村的村民听说县长一家人要来种树，而且是在沙滩上种树，都很好奇，纷纷赶来瞧热闹。

种树？沙滩上还能种树？这不让人笑掉大牙？来啦来啦，谷县长还真带着老婆孩子来沙地上种树了。一个老人拄着拐杖，站在门口眺望骑自行车过来的谷文昌一家子，笑呵呵地说："哎呀，这个县长要做白日梦。"

"谁给他出的馊主意？害人啊！"一个老农民骂道。

"听说是他自己要种的。"另一个人说。

"沙滩上能种树，竹篮就能打水喽。"

这些议论和嘲讽谷文昌都听见了，于是走到他们面前大声说："你们都是东山的老农民，世世代代在沙地上刨食，你们说的话有依据，这个我懂。但是我偏偏不信邪，偏偏想做不可能的事。"

听说谷文昌要种树，蔡海福专程赶来，看他怎么个种法。蔡海福是个"树痴"，他和谷文昌都是一样的性格：坚定，执着。蔡海福听不进老人的话，相信东山岛可以种树，只是种的方法不对，或者是树种不对。蔡海福做过无数次绿色的梦，他下定决心，只要谷文昌种树，他奉陪到底。

见到蔡海福,谷文昌特别高兴,握住他粗糙的大手说:"你这个'树痴'来得正好,指导指导我种树。"

谷文昌给家人下达任务:"我负责挖坑,英萍负责提土,哲慧、豫闽,你们负责送湿土和粪肥。"

一起来的陈掌国问:"县长,我呢?"

"这是我们家的义务劳动,跟你没关系,你站在旁边看就行了。昨天你帮他们淘粪肥已经犯了错误,今天不许你插手。"

谷文昌的话,让陈掌国和蔡海福不知所措,只能站在一边看着了。

坑挖得差不多后,谷文昌找来一根木棍,比量树坑是否达到规定的深度。深度达标了,谷哲慧和谷豫闽先把湿土填到坑里,确保树苗根部有一定的湿土,史英萍再把围根的土提来,往坑里倒。倒完土,孩子们往坑里灌粪肥,谷文昌把地面上的土填完,再用锄头把靠近树根处的土打实。做完这些,谷文昌长舒了一口气,满意地欣赏自己种下的树苗,心情很好,脸上露出一丝笑意。

蔡海福笑了，瞧着这一家配合默契的劳动，看到谷文昌对树的真情实感，这是多么难得啊！蔡海福想：或许，东山岛真的能在这个县长的领导下改天换地。

"好啦！第一棵我种给你们看，做个示范，现在你们学着继续种，树与树的距离不能小于这根木棍的长度。"谷文昌举起手里的木棍对家人说，"清楚了吗？"

"清楚了。"他们异口同声地说。

全家人齐动手，从早上忙到中午才把树苗全部种完。谷文昌种完树，那些围观的村民也看完了"戏"。他们对这场"戏"的评论是：

"谁给县长出的馊主意？故意让县长出丑。"

"这哪里是种树啊？种的是一场梦。"

"不出三天，叶子一定黄。"

"一个月，这树就枯成杆子了。"

村民的内心又矛盾又纠结，一方面，不相信东山岛这一片荒沙地能长树；另一方面，也真心希望这个县长种的树能存活。

县里的干部对谷文昌种树持不同的看法：有人

认为，谷文昌种树不切实际，不尊重客观事实；还有人抱怨，县里那么多的大事不去处理，偏偏要在种树上做文章。

这些议论谷文昌都听到了，心里着急，他在会上说："东山岛有什么大事？种树就是大事，天大的事。没有树地就荒，风沙就拦不住，群众就得逃荒行乞。治不好风沙，我们跟以前的县老爷有什么不一样？还要我们这些人干什么？"

可是，干部们对谷文昌将信将疑，他一家人种的树能活吗？

牛绳能测绘出沙荒地图吗

果然,一家人种的树真的死光了,谷文昌愁眉苦脸,县委一班人忧心如焚。可是,树死了,谷文昌治理风沙的决心没有死。

一九五五年,刚刚担任东山县委书记的谷文昌抓紧做两件事:一方面与领导班子其他成员沟通,坚定大家战胜风沙灾害的决心;一方面与林业技术人员一起分析种树失败的原因。大家都很着急,急着找到一条治服风沙的有效途径。

这一天,谷文昌得到一个惊人的消息:白埕村有位农民在沙地里挖出了能燃烧的泥土。这就奇怪了,泥土怎么可以燃烧?谷文昌在老乡的陪同下赶到现场,只见挖出的是黑黄相间的泥土,在场的技术人员说，这叫"泥炭土"，是植物残体在长期积水条件下形成的土壤。谷文昌凑过去细看，真的，泥炭土中的木质纤维清晰可见。

谷文昌将泥炭土带回家，放在院子里晒干后塞进灶膛，噗的一声，灿烂的火苗从泥炭土中喷出。谷文昌的心里也燃起熊熊的希望之火，泥炭土的发现说明，这里在远古时期是有森林覆盖的，东山并非自古就是风沙之地。谷文昌自己翻资料，也咨询技术人员，结论是：史前的东山岛拥有茂密的森林，沿海潮间带生长着繁密的红树林，山林间栖息着许多哺乳动物。东山岛东南部被掩埋的炭化木和泥炭土，是古代森林和沼泽被掩埋后形成的。

东山可以种树，东山可以种活树！谷文昌仿佛看到了茫茫林海，仿佛听到了阵阵林涛，他感觉嘴角有一点儿咸，原来是自己流下了激动的泪水。

"东山岛东南部，沙滩茫茫一片，几十座大大小小的流动沙丘顺着风势滚到哪里，哪里就变成废墟。百年间，沙子埋没了十三座村庄，一千多间房屋，三万多亩耕地。"这虽然是史料记载的，但"茫茫一片"是多大片？"几十座"到底是几座？不准确。

谷文昌要的是精确数据，数据精确才能科学决策。

东山岛到底有多少沙丘？沙荒面积到底有多大？虽然说起沙灾的危害大家三天三夜也讲不完，但是说起沙荒的具体情况，大家都说不清楚，什么"大概""也许""差不多"，没有准确的答案。

治理风沙，先要了解风沙；战胜沙荒，必须摸清沙荒。好比做数学题，题目都不理解，怎么会有答案？当务之急，就是要测绘出全岛的沙丘分布图。谷文昌召开全县干部扩大会议，动员开展沙荒调研工作，成立工作小组，自己担任组长。

刚刚分配到县林业科的林嫩惠也加入了这个小组，他觉得谷书记"大概"也就提提要求，听听汇报，大不了定期督察，也就"差不多"了。没想到，第二天一大早，谷文昌就头戴草帽坐在林业科门口的台阶上，把大家吓了一跳。

野外沙丘测绘，是一件很专业的工作，需要很专业的设备，可是县里什么都没有，光有谷书记坚定的信心。谷文昌鼓励大家自己动手，勉强拼凑起必备的"三件套"：一条当尺子用的牛绳；一根当测量基点，还能当手杖用的竹竿；一面用来打旗语相互联络的小红旗。这是什么装备呀？原始人打猎还有几块锋利的石片呢。

林嫩惠快哭了，请求说："谷书记呀，用一条牛绳能测绘出沙荒地图吗？能不能来一点儿现代人用的东西？"

谷文昌说："现代化的设备当然有。"然后给每人发了一副遮挡风沙用的眼镜。

冬季的东山岛天寒地冻，飞沙走石。这时的谷文昌不再是县委书记，而是沙荒调研工作小组组长，他率领县林业科的小组成员，逆风探风口，顺风查沙丘。狂暴的风沙抽在脸上，扑进眼里，灌进耳朵。在沙尘狂舞的风口，挡风眼镜只是一个摆设，有的人干脆摘下来装进兜里。尽管都戴了口罩，但大家还是尽量不说话，一说话，嘴里全是细沙。谷文昌眯起眼睛，捂住脸，侧着身体，像一辆坦克那样走在队伍前面开路。大家用血肉之躯去感受狂风的力度、飞沙的走向,比书上冷冰冰的描写真切多了。谷文昌真的是"一步一个脚印",不过再深的脚印,风一吹就没了,比海滩上的脚印消失得还快。他们冷了,就扎紧腰间的绳子;饿了,就啃一块硬邦邦的馒头;渴了,就抿一口行军壶里的冷水。

海风撒欢似的,使起野马的性子裹挟着沙尘狂奔,在天地之间乱舞,山野变得模糊,混淆成迷离恍惚的一片。谷文昌一行人的脸上都留下无数个红点儿,鼻腔里冒出焦热的气味。

到了午餐时间,谷文昌对大家说:"我们边走边吃吧,这样可以节省时间,又能快点离开沙丘。"

大家觉得谷书记的办法好,于是边走边就着壶里的冷水咀嚼坚硬的馒头。可是嘴一张,馒头还没塞进去,狂风夹带的沙子先灌进嘴里。怎么办?谷文昌教大家:侧身斜走,用自己的身体挡住风沙,这样,灌进嘴里的沙子就少多了。

谷文昌一行走过了山口村、湖塘村、后姚村等十几个村庄,访问了几十户的村民,硬是没有在村

民家里喝一口水、呷一口茶。县委书记不喝，其他人就不好意思喝。谷文昌不是不渴，而是他深深地知道，这里的群众缺水，每一口水都是命根子。这里的群众还缺燃料，找不到柴火，烧水泡茶更是奢侈的享受。

测量沙荒数据真是一件苦差事啊，不要说谷文昌是个四十岁的中年人，即使是对于刚刚参加工作、二十多岁的林嫩惠来说，也是超高强度的体力劳动。每天一大早背起水壶、干粮从县城出发，步行几十里路，爬沙丘，拉牛绳，测数据，做记录，晚上回来天都黑透了。扒拉几口冷饭，还要熬夜统计数据，归纳整理，绘制地图。

一个阴湿寒冷的大风天，在亲营山风口，眼睛都睁不开，沙子抽在脸上疼得发麻，海风透过衣服吹得浑身骨头都痛。大家都觉得风太大，爬不上沙丘，拉不了牛绳，插不下标杆，没法测量。这时，科长伸手一指：天哪，谷文昌已经一个人爬上沙丘了。谷文昌把帽子压低，竖起大衣领子，是倒退着爬上沙丘的。大家赶紧想要跟上去，谷文昌在沙丘上打旗语，示意大家不用上去了，他一个人在上面插标杆就行。

就这样,谷文昌在沙丘上顶着肆虐的风沙,测量了足足一个小时。下来后,大家发现,谷文昌的脸都冻成紫黑色了。

在东门屿的那一次更惊险,高高低低五座沙丘一字排开,谷文昌和林嫩惠手脚并用爬上最高的一个。沙丘很松软,谷文昌不慎滑倒,一个跟头从上面摔下来,帽子滚丢了,水壶重重打在头上。好在壶里仅剩一点点水,头部才没有受伤。林嫩惠吓了一跳,赶紧滑下沙丘,扶起谷文昌,并帮他找回帽子。谷文昌用帽子拍拍身上的沙土,用壶里仅剩的水漱漱口,揉了揉被打痛的额头。大家都劝谷文昌休息一下,换个人爬上去,可是谷文昌不顾大家的劝告,抢在年轻人前面又往上爬。

就这样,谷文昌带领大家,每天眼睛一睁,忙到熄灯,从苏峰山到澳角村,从亲营山到南门湾,踏遍了东山岛大大小小的四百一十二座山头,把一个个风口的风力、一座座沙丘的位置详细记录下来,精确描绘成图。

沙荒调研组的同志看不下去，劝谷文昌说："书记要处理全县的事务，每天有那么多重要的工作，就别天天都来了。我们按照您的要求认真测量，回来到您的办公室汇报，不就行了？"

"受一样的苦，干一样的活，群众才会信任我们。"谷文昌说，"治理风沙是当前东山最重要的工作，治穷先治旱，治旱先治沙，这就是我这个县委书记最要紧的事。"

经过沙荒调研组一个多月的艰苦测量、精心描绘，一幅比例尺为一比五万的沙荒地图终于横空出世。一共四十三座沙丘，高度从几米到最高的十六点一米，面积从一亩到最大的一百多亩，东山岛上沙丘的分布情况、大小、数量终于摸得清清楚楚。

谷文昌高兴地对大家说："有了这张图，治沙抗灾就有了底。"

林嫩惠拾起那条残破的牛绳，感慨地对谷文昌说："谷书记，我现在明白，为什么用一条牛绳也能测绘出全东山岛的沙荒地图了。"

谷文昌饶有兴致地问这位晒得像黑人的年轻

人:"为什么?"

"因为我们有信心和决心。"

"对!只要功夫深,铁杵磨成针。"谷文昌再问林嫩惠,"接下来,我们该怎么办呢?"

我就是当今的愚公

谷文昌带领沙荒调研组探风口、查沙丘，历尽坎坷，走遍了东山岛四百一十二个山头，把一个个风口的风向、风力，一座座沙丘的位置、向背详细记录并绘图，终于弄清楚位于东山岛东南部的"风口"和"沙喉"，要战胜风沙，必须先扼住它。知己知彼，百战不殆。"敌情"摸清了，接下来就是研究制订治理风沙的作战方案。谷文昌与县委一班人认真讨论，反复研究，精心推演。

县委常委会上，林业科科长刘栋梁报告调查结果，风沙之大、灾害之深，震惊了在场的每一个人。

领导班子成员纷纷发表治沙意见，有人提出：

"筑一条拦沙堤把风沙给拦住,否则什么也种不起来。"

有人提出:"多撒些草籽,形成绿色植被,固住沙子。"

马上有人反对:"光种草难见成效,大风一刮,很快被沙子埋掉。明朝、清朝姓郑的和姓郭的两位知县,都大规模种过草,统统失败了。我看关键还是要种树,树更有力气,才能拦住风沙。"

谷文昌鼓励大家畅所欲言,自己不表态、不反驳,只是静静地听着,认真地记着。

夜晚,谷文昌拜访东山各界人士,走进千家万户,和老农促膝长谈,向乡贤敞开心扉,倾听他们对治理风沙的看法。谷文昌还带领林业科的干部查史料、找档案,探寻古人的做法。

经过最广泛的交流、讨论,谷文昌集思广益,综合大家的意见,提出"筑堤拦沙、搬土压沙、种草固沙、造林防沙"四套治沙方案。

一九五六年东山县第一次党代会,通过了十年内全面根治沙灾、实现绿化的决议。"要把东山建设成美丽幸福富裕的海岛。穷岛变富岛,孤岛变半岛,海滩变盐坎,沙滩变良田,荒山变林园,旱地变水田,低产变高产,铜山(东山古称)变金山。"

这不是浪漫主义的口号,而是现实的目标和要求。谷文昌说:"我们要苦干几年,将荒岛覆盖,把灾难埋葬海底!"

说干就干,第一招:县委、县政府统一指挥,成千上万的劳动力上阵,在风口地带筑起了两米高、七米宽、两万多米长的拦沙堤。可是风雨无情,拦沙堤很快就崩垮得七零八落。

一招不行,出第二招:搬土压沙。成千上万的东山干部群众拿出愚公移山的劲头,再次挥汗如雨地苦干,把耕地里的土挑过来,压在沙滩上埋住沙子,沙滩眼看着变成了良田。可是大风一起,沙尘铺天盖地,带来厚厚的沙子,泥土不见了踪迹。

谷文昌不气馁,出第三招:种草固沙。草籽播下后,不是随风沙搬了家就是被掩埋在沙底,即使是勉强出土的幼苗,经风吹沙打也随即奄奄一息。谷文昌调整计划,不再播草籽,而是往连绵起伏的沙丘上种植草皮。也不大面积种植,而是根据蔡海福和林嫩惠实验的经验，进行小规模的试种。第三天，谷文昌就接到电话：草皮全部枯死。

风沙想让我屈服？不，我要扼住命运的喉咙，决不屈服。谷文昌对自己说，不是还有第四套方案吗？造林防沙。

县里成立绿化委员会，谷文昌亲自担任总指挥。县委发动全县人民植树，相思树、苦楝、槐树、榕树、荔枝、马尾松等十多种，凡是适合海岛的树苗都种上了。春季种的树苗，夏季长出新叶，青翠欲滴，谷文昌心里乐开了花。

可是，秋天的东北季风一来，树苗大多被沙土掩埋，少数侥幸活下来的，等到冬天凛冽的北风一刮，所有阔叶树的叶子都掉得精光，树也死光了。

群众用方言形容："榕树纠纠（蔫了），槐树球球（卷缩了），相思树无救。"

被风沙掩埋的不仅是十多万株树苗，还有谷文昌和东山人民的绿色希望啊！枯死的树苗在沙丘上是那么可怜，就像小朋友随意插上去的一根根棍子。谷文昌拔起它们，握在手心，除了摇头叹息，只能把苦水往肚子里咽。

灾荒和贫困依然笼罩着东山岛，风沙在呼号，百姓在叹息。"神仙也治不住风沙！"质疑的声音甚至大过风暴的声音。

不少群众的信心开始动摇，干部中也出现了不同的声音。谷文昌理解他们，毕竟，千百年来的东山，风沙从来没有被治服过，现在就能治服吗？找路子，行不通；找路子，又行不通；再找路子……屡战屡败，屡败屡战，就像一个不及格的学生一直在重考。问题是，哪一天能考及格呢？还会有多少次的失败在等待？东山是这样贫穷，财力和人力能承受得了吗？

三年来，东山县委先后八次组织全县人民与风沙搏斗。一次次的努力，一次次的受挫，一次次的满腔热情，一次次的心血付诸东流。在残酷的沙灾面前，人类显得如此渺小无力。谷文昌忧心如焚，县委一班人苦苦思索。

面对漫漫黄沙，谷文昌这位来自太行山的石匠，把问号拉直成一个斩钉截铁的感叹号：历朝历代做不到的事，我们这一代人一定要做到！

操心、劳累、焦虑，使谷文昌的胃病、肺病一起发作,他不停地咳嗽,捂住肚子坚持办公。

妻子史英萍心疼地劝他:"老谷,你在想治沙的事,我懂。可是,这件事你可以先放一放呀,把身体压垮怎么得了?"

谷文昌摇摇头问:"放一放,能放得下吗?英萍我问你,我的家乡在哪里?"

"你的家乡不就在河南林县的郭家庄吗?"史英萍有些奇怪。

"那你知道郭家庄有座什么山吗?"

史英萍更奇怪了:"太行山呀,郭家庄不就在太行山峡谷里吗?"

"那你的家乡在哪里?"

史英萍被问糊涂了:"老谷,你今天怎么啦?我家在济源县啊。"

"那济源县有座什么山?"

"王屋山呀。"史英萍硬着头皮回答。

谷文昌这才切入主题:"这就对了。愚公移山的故事里讲,愚公要带领子子孙孙移走的两座大山,就是咱们老家的太行山和王屋山呀。这愚公有咱们太行人的性格,倔巴头(执着),我就是当今的愚公。今天，我们就是要用愚公的倔巴头精神，来移掉东山的风沙灾害这座大山。目前，我们遇到了困难，如果选择放弃，东山百姓将继续受风沙干旱之苦，旧社会村民逃荒的悲剧就会重演。到那时，我这个县委书记怎么面对东山的父老乡亲呢？不，不能放弃。要放弃有一百个理由，要坚持下去，只有一个理由，那就是对人民负责。"

史英萍喃喃地说："唉，你做得到吗？"

木麻黄是何方神树

"筑堤拦沙、搬土压沙、种草固沙、造林防沙"四套治沙方案全部宣告失败,但是挫折只会使弱者认输,绝不会压垮坚强的谷文昌。他说:"我们要做前人没有做过的事,走前人没有走过的路,就一定会遇到前人没有遇到过的困难。"

谷文昌和县委的同志一道认真总结经验教训,继续学习,深入调查,重新制订治沙方案。苦心人,天不负。一九五七年,谷文昌迎来了历史性的拐点,防治风沙的苦战出现一线生机。

这一天早晨,谷文昌听到中央人民广播电台的新闻报道:广东省电白县在沿海沙地种植木麻黄获得成功。收音机的音量很小,音质也不好,沙沙响,但谷文昌听得真真切切。当时的谷文昌正在吃早饭,他听呆了,馒头塞进嘴里一动不动。

史英萍以为他噎着了,吓了一跳,上去帮他拿出馒头,拍拍他的后背说:"老谷,老谷,你怎么了?别吓我。"

谷文昌把馒头塞进史英萍嘴里,严厉地说:"闭嘴!"

史英萍这才注意到,谷文昌是在听收音机。这是多么激动人心的消息啊!史英萍的眼泪夺眶而出。

第二天,东山县委就接到福建省林业部门的通报:广东省电白县在沿海沙地种植木麻黄获得成功。又是木麻黄,这个木麻黄到底是何方神树?它不是种在广东省电白县的沙地上,而是种在谷文昌的心坎上。

谷文昌等不及了,立即找到县农工部长靳国富,让他带领赵林春、蔡海福等人到广东省电白县学习取经。"一定要把宝贝疙瘩木麻黄给我带回来,去讨去要去买,我不管,带不回来木麻黄,你们也别回来了。"谷文昌给靳国富下了死命令。

把靳国富他们派去广东，谷文昌还不放心，马上安排林业技术员吴志成、林嫩惠查资料，了解木麻黄的特性和来历。

史英萍发现，谷文昌这几天睡得很香，失眠症不治而愈，说得最多的梦话就三个字：木麻黄。木麻黄成了谷文昌的"梦中情人"。谷文昌的胃病也似乎好了很多，有时候还会哼几句革命歌曲。

清明节这天，谷文昌终于盼来吴志成和林嫩惠的报告：查到了国外资料，种植木麻黄确实能有效防治风沙。木麻黄，又叫马毛树、败骨树等。原产于澳大利亚、太平洋诸岛，后来被引入中国。属于常绿乔木，喜欢炎热气候，耐干旱、贫瘠，抗盐碱，也耐潮湿，不耐寒。

谷文昌高兴地说："不管是外国货还是中国货，只要能治风沙就行！"

吴志成还报告：档案记载，山口林业站曾经引进过木麻黄树苗。

"还有这样的事？"谷文昌又惊又喜，拉上陈掌国马上赶到山口林业站。

让谷文昌失望的是，山口林业站确实引进过木麻黄种植，可惜没有存活，都死了。在回县委的路上，谷文昌沮丧得一句话也说不出来。

在谷文昌和陈掌国去山口林业站的同时，靳国富、赵林春、蔡海福几个人从广东省电白县回来了，还带回三捆木麻黄树苗。他们了解谷文昌的心情，知道他迫切想看到"宝贝疙瘩"。他们把吴志成和林嫩惠叫来，一起在办公室等候，老半天都没有见到谷文昌的影子，后来才听说他去山口林业站了。谷文昌下乡常常是住在乡下的，这可怎么办？不在第一时间让谷文昌看到"宝贝疙瘩"，是一定会被他批评的。他们商量了一下，决定去山口林业站找谷文昌汇报。

谷文昌回到家里，天都黑透了，史英萍端出饭菜，盛饭的时候，随口说："靳国富他们回来了，还带回来什么宝贝树苗。"

谷文昌的眼睛都直了，搁下饭碗，抓起手电，叫上陈掌国，夺门而出，扶起自行车，直奔山口。

史英萍追出来喊："这么晚了，能找到人吗？"

清明节谁敢走夜路

东山岛民间的习俗,清明节夜晚通常是不外出的。陈掌国是东山人,他当然知道这个习俗,所以心里直打鼓,怕怕的。

两把手电筒的光柱晃来晃去,一辆自行车,车上两个人。月亮躲在乌云间,时隐时现,一路都没有遇见行人。就算被人看见,也没人相信他们是县委书记载着通信员。风沙发出的鸣叫恐怖、凄厉,有时像从地面发出,有时像从云端发出,捉摸不定。坐在后座的陈掌国更害怕了,紧紧攥住谷文昌的衣角。

自行车的轮胎陷进沙子里,骑不动,谷文昌和陈掌国下来步行。走了几步,本来就阴沉的天空忽然全暗下来，原先还有半张脸的月亮全被遮挡住了。风沙更猛了，手电的光柱在狂风中飘忽，谷文昌一手打手电一手推车，非常吃力。

"书记，我来推吧。"陈掌国毕竟年轻，关了手电塞进兜里，接过自行车，双手扶稳了埋头推。

谷文昌的手电筒大概电池太旧了，越来越暗，陈掌国抑制不住内心的恐惧，不断摁铃，给自己壮胆。

谷文昌很奇怪："路上又没人，你摁铃干吗呢？"

陈掌国羞愧地笑了，但谷文昌看不见他的笑容，还安慰说："小陈是不是害怕？要不我唱一首歌？"

陈掌国说："我不害怕，但我喜欢听书记唱歌。"

于是，谷文昌给陈掌国唱《解放区的天》。刚唱第一句，沙子就灌进嘴里，谷文昌弯腰咳嗽，手电筒掉了，他看不清路，一个跟头摔到沙丘下。陈掌国想伸手去拉他一把，自己也摔下路面，在沙丘上翻了几个跟斗，吃了满嘴沙粒。

陈掌国站起来，去拉谷文昌，可是谷文昌已经筋疲力尽。过了很久，两人才从沙丘下慢慢站起来。陈掌国这下不说话了，把手电递给谷文昌，顶着漫无边际的狂风和飞沙，推着自行车一步步地埋头向前。

靳国富几个人赶到山口林业站，听说谷文昌并没有住在这里，全傻眼了，这可怎么办？这时天已经黑透，风沙越来越大。林业站的同志煮面给他们吃，留他们住宿。他们不敢住，靳国富说出了自己的担心："谷书记知道我们回东山，却见不到他的宝贝疙瘩木麻黄，是会发疯的。"

蔡海福的意见正好相反："谷书记回县委，听说我们下来山口，一定会连夜追过来见我们。我们这个时候回县城，万一跟他路上没有相遇怎么办？"

林嫩惠觉得有道理，很赞同："这些沙丘，白天都长得差不多，晚上就更没有区别了。我们怎么知道谷书记走哪一道沙丘呢？"

思想这么一碰撞，大家就达成共识：好吧，住下来，与其擦肩而过，不如"守株待兔"。

大家睡同一间集体宿舍，林嫩惠是他们当中最年轻的。这风声太吓人了，他长这么大，从未听过这么凄厉的风声，像男人在诉说，像女人在唱歌，更像什么人在哭泣，这怎么睡得着？林嫩惠躺在床上，一会儿双手捂住耳朵，一会儿拉被子盖住头，还是无法入睡。林嫩惠伸手拉拉蚊帐，沙土落在脸上和被子上，他深吸一口气，觉得咽喉苦涩，干脆起床坐在窗前。

这时，屋顶发出哗哗的怪响，林嫩惠想出去看个究竟，门刚开一条缝，风沙就呼地灌进来。林嫩惠担心吵醒大家，赶紧掩上门，就在这一瞬间，远处晃过一道光亮。咦，是谁在清明节走夜路？这可是犯大忌的呀！

光柱渐渐向宿舍靠近，林嫩惠的心情有些紧张，在这荒僻的山口林业站，只有他们住的这一间屋子，没有其他地方可去。什么人这么大胆，又有什么急事，非得在清明节走夜路呢？

蔡海福醒了，点亮了灯，拍拍林嫩惠的肩膀问："怎么不睡？"

林嫩惠回头说："你看，有人来了。"

"哈哈!"蔡海福笑了,"我怎么说的?这不就是谷书记嘛!"

光柱离林业站越来越近了,这么近的距离,原本是可以看清对方的脸的,但今晚的风沙太大了,只能看到模糊移动的人影,直到对方发出声音:"靳国富,蔡海福,你们都睡了吗?"

林嫩惠惊讶地喊话:"谷书记,真的是你吗?"他立刻开门请谷文昌和陈掌国进屋。

靳国富、赵林春、吴志成也醒了,一屋子的人望着浑身上下沾满沙土的谷文昌和陈掌国。

谷文昌来不及拍掉身上的沙土,就用沙哑的声音催促他们汇报工作:"来,说说看,木麻黄是何方神树?能请到我们东山岛来吗?"

没有树，谁都不安宁

谷文昌所有的希望都落在一个树种——木麻黄上。

这种名不见经传的树，到底神奇在哪里呢？从广东电白的经验来看，木麻黄生长迅速，萌芽力强，由于它的根系扎得又深又广，所以具有耐干旱、抗风沙和耐盐碱的特性，成为热带海岸防风固沙的优良先锋树种。

"太好了！我太喜欢了！"谷文昌抱住一捆树苗，高兴得像是抱住失散多年的亲人。

植树造林需要大量的木麻黄树苗，光靠从广东电白带回来的三捆树苗是远远不够的，靠县苗圃育苗也不够。县委决定由县长樊生林指挥调种，派出二百三十多人组成采种队，大规模采集木麻黄树种，并通过福建省林业厅请示国家林业部，通过外交途径引进越南等国的木麻黄种子。那段时间，饱含绿色希望的木麻黄种子，从厦门、永春、平和、南靖等地源源不断运往东山岛。全县迅速建成了一批木麻黄苗圃，组建了五十三支造林队，为大规模种植木麻黄做好准备。

谷文昌和干部群众一起，分别在西山岩、赤山、白堤种植木麻黄。

"清明时节雨纷纷，路上行人欲断魂。"注重传统的中国人，清明节都要上坟扫墓，祭奠祖先，寄托哀思。东山人祭奠祖先的感情更复杂，不但有哀思，还有忧伤，更有悲凉。哀思是因为怀念那些被战争夺去生命的亲人；忧伤是因为不能改变先人留下的一穷二白的面貌；悲凉是因为黄沙无法深深掩埋先人的尸骨。

是啊，世世代代的东山人都盼望有一座绿色的海岛家乡，有肥沃的土地养育子孙后代，有绿水青山以告慰先人。

谷文昌早就听说，光秃秃的沙丘经常发出"怪叫"。风和沙交织在一起，纠缠摩擦，就会产生各种各样奇怪的声音，这些怪叫还会因为风力的大小、方向变化而如泣如诉或如鬼哭狼嚎。

谷文昌种树的时候，旁边的群众就说："谷书记呀，这一带的夜里，经常能听到瘆人的声音，人人都说这是祖宗都不得安宁啊。"

谷文昌回过头，笑着回答："没有树，没有草，成日里飞沙走石的，谁都不得安宁，所以我们一定要种树，要治风沙。"

谷文昌就想给所有人灌输绿化东山岛的思想，把植树防沙的理念，潜移默化地渗透到每个人的脑海中。

清明节后这几天，东山县越来越多的老百姓找到谷文昌，跟他一起种树。大嫂背起刚刚喂完奶的孩子，扛起锄头踏上沙丘；大叔祭奠过先人后，扛起铲子向荒沙地进发；教师从学校走向山头；渔民从海边来到沙滩；孩子们的歌声响彻风沙漫卷的天空；民兵的口号声把海潮声淹没。

苗圃里的木麻黄种子还没发芽呢，从广东电白带回来的三捆木麻黄树苗早就种完，大家就种别的树苗，只要是树苗就种，因为每棵树苗都是一个希冀、一个憧憬、一个盼望。东山人民在合力创造一段历史，合奏一首崭新而壮丽的时代进行曲。

有人问："谷书记，你调走了我们还种树吗？"

谷文昌回答："没有种好树，我绝不离开东山。"

有人问："谷书记，除了种树，你就不领导我们干别的吗？"

谷文昌回答："不拔除沙灾这个祸根，别的干不了，穷日子也改变不了。"

所以，有人说："谷文昌要种树，是为了我们老百姓。"

有人表态："我跟定这个谷文昌了。"

有人起誓："谷文昌种树不要命，我就拿出命来陪谷文昌把树种好！"

有人很乐观："有谷文昌在，我们还怕什么？天大的困难也不怕！"

带着春天的希望，木麻黄在春风中落户了，干部群众像相信谷文昌一样相信万木喜逢春。

人算不如天算，北风乍起，气温骤降，让人胆战心惊的倒春寒来了,而且来了就不走,整整持续了一个月。倒春寒像一记重锤,再一次残酷地击碎了东山人的绿色之梦:木麻黄全被冻死了。

难道,东山岛真的不能种树吗?

男人的眼泪

"命啊……"面对成片枯死的树苗,东山人除了摇头就是叹息。

"这沙滩,冬天站不住脚,睁不开眼,夏天烫得可以煮鸡蛋,烤地瓜差不多,怎么能长树呢?"

"沙丘能长树,鸡蛋长骨头!"

悲痛、埋怨、懊丧、挖苦,比倒春寒还厉害的风言风语,接踵而来。干部泄气了,群众没劲了,林业技术员哭了。白埕村一位老农甚至跟人打赌:"这沙滩上要能长树,我从白埕翻跟斗到西埔!"

从倒春寒来临的第一天起,谷文昌的心就悬到嗓子眼,真是怕什么来什么。谷文昌以为,不请自来的倒春寒就像一位不速之客,要耍威风、发发脾气就走了。不料,它却整整一个月赖在东山不走。这一个月,谷文昌备受煎熬,吃不下,睡不着,连走路都是飘的。谷文昌巴不得脱下棉衣披在树苗上,可是树苗成千上万,自己的棉衣却只有一件。

谷文昌召集林业技术员开会,要他们像观察病人一样观察树苗受冻情况,像医生一样准备好抢救的方案,像消防队一样随时可以下乡救灾。可是这股寒流盘旋在东山岛上空太久了,谁也拿它没办法。

谷文昌还有很多事要做:农民要播种,不播种,东山县农民这一年的生活难以想象,还有水利工程,还有灌溉工程,还有教育事业,还有城镇建设,等等。只要有空闲时间,谷文昌就要关心那些种下的树苗:"你今天去了吗?""你看到我们种的树长得怎样?"

这天夜晚,赵林春、吴志成和蔡海福来了。谷文昌放下碗筷,立刻赶到办公室。谷文昌连问都没问,他看到吴志成和蔡海福脸上的表情,就知道树苗出了问题,一定是大问题。他朝赵林春、吴志成和蔡海福挥挥手:"别说了,就谈原因,看看怎解决，找出问题在哪里。"

"全部枯死了，原因大概是缺水……"

"或者是栽种的时间太早吧。"

第二天，天还没亮，谷文昌就拉陈掌国一起出发，赶到种树现场。朝霞把成片成片枯死的木麻黄映照得一片血红。

谷文昌蹲下来，小心扒开泥沙，把树苗捧在手里，轻轻地揉动，抖掉树苗上的泥沙。他凝视着枯死的树根，把脸贴近荒沙地，询问大地：为什么如此对待热心的东山人？

谷文昌哭了，无声地流出男人的眼泪。眼泪落在沙地上，就好比东山人民洒下的汗水，了无痕迹。

吴志成哭了，他转过身，怕别人看到自己伤心。

蔡海福哭了，他仰起头，对着苍茫的天空长叹。

年轻的林嫩惠没哭，他坐在沙地上责备自己：没有把学到的知识应用在造林实践中，没有为东山解决当务之急，辜负了谷书记的期望。

谷文昌先是蹲着,然后是跪着,最后是坐在沙地上。他巡视半掩在黄沙中冻死的树苗,不停地吸烟,不住地咳嗽。挫折给他带来巨大的心理压力,他正在经历内心的倒春寒。

不知道过了多久,谷文昌才站起来,一个趔趄险些摔倒,吴志成和蔡海福靠过去扶住,他才得以站稳。谷文昌喘着粗气对身边的人说:"这些年来,我们治理风沙,经历了多少的挫折,承受了多少的失败,走过了多少的弯路,积累了多少的教训,好不容易才找到抗风沙、耐盐碱的先锋树种木麻黄。可是树种找对了,种树的时机和方法又搞错了。你们说,往后怎么办?"

吴志成说:"我不认命,接着干。"

蔡海福说:"木麻黄,其他地方的沙滩能种,我们东山岛的沙滩也能种。"

林嫩惠说:"倒春寒是自然灾害,属于不可抗力,谷书记不要灰心。"

"我不灰心,我是担心你们灰心。有你们这些话,我就更不会灰心了。"谷文昌对他们笑笑,可是笑得比哭还难看。

男人的眼泪　61

这天晚上谷文昌显得特别疲惫，史英萍知道丈夫心情不好，默默地洗碗、擦地板。

谷文昌问妻子："英萍，还记得前几天我们去的铜山古城墙吗？"

史英萍说："记得呀，那是抗倭留下的遗址，当年朱元璋为了防御倭寇骚扰，派周德兴到铜山兴建的。老谷，你怎么突然问起这个？"

谷文昌说："记得古城墙上还长着一棵榕树吗？"

史英萍说："记得，那树冠长得特别茂密，像一把大伞，树根深深扎入城墙，与城墙连为一体。"

谷文昌说："是啊，这榕树扎根石缝中，狂风吹不倒，太阳晒不死，让我联想起了太行山的崖柏，也是扎根在悬崖峭壁上，一年四季任凭风吹雨打，不屈不挠。"

史英萍弯下腰，捏捏丈夫的肩膀说："老谷，我明白你的意思了，在困难和挫折面前，我们就要像榕树、崖柏那样坚忍不拔，对吗？"

三棵树，三颗定心丸

　　信心不等于办法。谷文昌有植树治沙的信心，但如何植树，却是一道解不开的难题。俗话说，三个臭皮匠，顶一个诸葛亮。县委召开三级干部扩大会议，就是要集思广益、群策群力，拿出切实可行的植树造林方略。这时，县政府办公室主任刘金才打来电话，说白埕村发现了三棵成活的木麻黄。

　　这真是喜从天降，心情沉重的谷文昌眼睛一亮，立刻带着林业技术员赶到白埕村。三棵木麻黄长在农户的屋后，户主林马甲告诉谷文昌："我扫墓时捡到三棵树苗，也不懂是什么树，回来后就胡乱种上了，看起来长得不错。"

　　谷文昌喜不自禁："老乡，它叫木麻黄，我的救命树,也是我们东山的宝贝树。"

谷文昌蹲在木麻黄跟前,像慈母爱抚婴儿,看了又看,摸了又摸,甚至把脸贴近树枝,用鼻子闻,感受这三棵树发出的清新气息,他的眼前升腾起绿色的希望。"有三棵,就有三十棵,三百棵,三千棵,三万棵,这不是三棵树,是我们的三颗定心丸。"

第三天,谷文昌把正在县里参加干部扩大会议的三百多名县、区、乡干部,全部拉到木麻黄树下,对大家说:"木麻黄在这里能种活,在别处也一定能种活。这三棵木麻黄,就是东山的希望!"

"只要我们有决心,东山岛这只'沙土蝴蝶',就一定会变成展翅飞翔的'绿色蝴蝶'。"谷文昌实在太高兴了,风趣地说,"等木麻黄长高了,我们要仰起头来看,还得当心帽子掉下来呢!"

在场的干部都笑了。是啊,他们的心里太压抑,已经好久没有这么开心了。

从见到这三棵树时起,谷文昌就在思考:种活它们需要什么条件。因此,谷文昌问大家:"你们说说,为什么这三棵树可以活,别的树不能活?"

林嫩惠的书生气上来了，按书上的知识说："这三棵木麻黄能在凛冽的寒风中存活下来，是因为树种的特殊性。木麻黄树叶短小，表皮厚，枝干柔韧，因此耐风沙袭击。叶短，受风面积小，抗风能力就强；叶小，蒸发量小，因此耐旱、耐湿、耐贫瘠。"

谷文昌摇摇头："这三棵木麻黄能活，为什么其他的不能活呢？难道其他木麻黄没有这些特点吗？"

对呀，林嫩惠没有说到点子上。大家不敢吭声，等待谷书记拿主意。

谷文昌果然有主意："我们现在建立造林试验小组，我来当组长。吃一堑，长一智。我们一定要摸准木麻黄的生长规律，按规律种树。"

以谷文昌为组长的造林试验小组就这样成立了，小组成员有相关领导干部、林业技术员、经验丰富的老农民等，蔡福海、刘栋梁等人都在这个小组里。

试验小组在沙滩上种木麻黄，每十天种一次，定时观察气候、湿度、风向、风力对树苗的影响，看哪个时段种下的木麻黄成活率最高。与此同时，谷文昌在白埕村与村林业队一起，种下二十亩的试验林，观察木麻黄如何回青、怎样成活。木麻黄作为先锋树种已确定无疑，试验小组关键是要弄清楚在东山的特定环境下，什么温度、什么时段种植最合适。

谷文昌告诉试验小组的成员："我们东山有块风动石，如果方向不对、方法不对，多少人都推不动它，可是一旦找准了角度，一个人就可以推动它。现在，我们就是要找准植树造林的角度，四两拨千斤。就像我当年在太行山老家打石头一样，去掉不合适的，就是合适的。"

试验小组采取谷文昌的"笨"办法：旬旬造林！每隔十天种一批树。木麻黄有四十多个种类，试验小组全部引进过来，各个种类都试种。这次种一米以下的小苗，下次种一点五米的大苗；这次早上种，下次下午种；这次晴天种，下次雨天种……他们在沙滩上搭工棚，吃住在现场，时时做记录，天天做比较，像照顾婴儿一样呵护树苗。

功夫不负有心人，试验小组终于得出一份极为宝贵的观察分析报告：木麻黄的最佳种植气温为二十五摄氏度，地温为二十三摄氏度。在东山，五月下旬至七月气温较稳定，种下的木麻黄三天就可以成活。种植木麻黄必须掌握六大技术要点：良种壮苗、适时种植、带土栽种、大穴栽种、适当密植、雨天造林。

木麻黄的脾气秉性渐渐被摸透，适合东山实际情况的造林操作指南也更加完善：改春季植树为夏季植树，改晴天植树为雨天植树，改小苗植树为大苗带土球植树。

谷文昌要求把六大技术要点印成小册子，分发到各大队、生产小队，每个社员人手一册。

箭在弦上，不射出去不行了。但是，仍然有干部不放心，他们问谷文昌："大规模种植木麻黄的时机真的成熟了吗？"

你种得活树，我把胡子拔下来给你洗马桶

东山岛的仲春什么也看不到，只有黄沙依然与狂风抱成一团到处撒野，到处是滚动的沙丘，它们在阳光下像大海的波浪起起伏伏。这一天，谷文昌带人来到风口观察地形。

这段时间，县里动用几十号劳动力测量适合种树的沙丘面积，林嫩惠向谷文昌汇报："这里的面积将近一百七十亩，平均每四平方米种上一棵木麻黄，每人一天种十五棵……"

谷文昌认真听着，偶尔侧着身体躲风，听完汇报，操起竹竿重新测量。其实，今时不同往日，谷文昌的身体状况已经大不如前，胃部与肺部都开始有了反常的征兆。谷文昌感到从沙丘的底部爬到山

口非常艰难，呼吸急促，虚汗淋漓，不像以前能一口气爬上顶部。

细心的蔡海福注意到了谷文昌脸上的疲惫，把手里的竹竿递给他："拿着，会轻松点。"

谷文昌跌跌撞撞地站在风口上，风大，气喘，说话艰难。他指着沙堆，示意大家开始工作。

这次测量，是谷文昌做出全面绿化决策的依据。他要求把所有的沙滩面积准确地计算出来，根据不同的季节、不同的气候，观察风沙的变化，掌握季节变化中的沙尘走向，制订出符合实际的种树方案。谷文昌把大家每天提供的数据记在本子上，进行反复对比，比刚入学的新生还认真。

蔡海福催促谷文昌快走："今天的会议很重要，大家都在等你呢。"

谷文昌一行人一路爬，一路走，到了白埕村天都黑了。县委召集林业技术员在白埕村开现场会，做最后的战前决策。

大家都在白埕村公所等候，谷文昌一进来就宣布："开会吧，客套话我就不讲了，直接说怎么种树。"

这时，几个农民代表进来了，有湖坛村的蔡兰丁，白埕村的林长德，山口村的陈加福。这些老农民见到谷文昌都很尴尬，因为他们都嘲笑过在沙丘上种树。可是他们喜欢来，喜欢谷文昌，眼看谷文昌这回要动真格的，心里又喜又忧。喜的是，他们做梦都想种树，彻底改变生活环境，子子孙孙不再受沙灾之苦；忧的是，这位让人敬重的县委书记一旦再次种树失败，那可就永远抬不起头了。

谷文昌亲切地跟这些老农民打招呼，首先问林长德："长德，你说说看，树要怎么种才能活？"

林长德苦笑着说："我说不上来，反正我怎么种树都不会活。"

谷文昌摆摆手："那是你的方法不科学，科学种树就能活。"

林长德是个直性子，跳起来说："谷书记，你种得活树，我把胡子拔下来给你洗马桶。"

大家哄堂大笑，谷文昌没有笑，他从林长德的话中听出了种树的难度。谷文昌等大家安静下来，郑重地说："今天是'诸葛亮会'，老规矩，大家说，我听，过一会儿樊县长也会过来。"

林长德的赌气话带动了气氛,大家放开讲,各抒己见。不同意见的人争得面红耳赤,谷文昌也不劝,他坚信,真理总是越辩越明的。

林周发第一个建议说:"木麻黄应该在最难生存的地方试种,如果在最恶劣的环境中都能活,在其他地方自然就能活。"

每次开这样的讨论会,谷文昌都不急于表态,他就是要让大家开动脑筋,畅所欲言。他从口袋里摸出烟盒,动手卷烟,低头看看本子上的数字,抬头看看大家,若有所思。

有人提议:"先进行小面积的试种,有了成功的经验后,再进行推广。"

"试种是一个办法。"靳国富表示赞同,"我们要选一个地方,或者两个地方,甚至三个地方试种,试种的地方应该是环境典型的,这样才能得出正确的结论,才会有推广的基础。"

"我反对试种。"县长樊生林推门进来说。

听樊生林这么说,谷文昌和参加会议的人都很惊讶,等他往下说。

"植树治沙是千秋万代的大事业,谷书记说过,不拔掉东山县的穷根子，他不走。我也说过，没有完成东山县的环境改造任务，给我个省长当也不去。"樊生林环顾大家，语重心长地说，"但是同志们，时不我待呀。我们要跟风沙抢时间，要科学种树没错，但也不等于畏首畏尾裹足不前哪。在这里，我不得不批评大家，你们是被失败吓破胆了。"

谷文昌站起来，拍拍樊生林的肩膀说："县长，我们再也失败不起了，一定要慎重再慎重，确保木麻黄种植成功。"

樊生林扶谷文昌坐下，感慨地说："书记呀，你的试验小组旬旬造林，掌握了大量数据，还把六大技术要点印成小册子，分发到各大队、生产小队，社员人手一册。这不是科学依据是什么？"

蔡海福试探着问："谷书记，我们是不是一朝被蛇咬，三年怕井绳啊？"

靳国富一挥手："谷书记，放手干吧，东山岛等不起呀。"

樊生林鼓励大家："决战的时机已经成熟，有责任，我跟谷书记一起承担。"

大家的决心让谷文昌又激动又感到安慰，他高兴地说："樊县长的看法大家都听到了，林业技术员对种树的规律也摸透了，群众的认识也提高了，我认为，在全县种树的时机已经成熟。"

"好！"不知道谁大声叫好，村公所响起一片热烈的掌声。

"大家先冷静冷静。"樊生林没有鼓掌，他提出了一个横在大家面前的难题，"全县种树需要大量的劳动力，如何调动群众的积极性？"

不治服风沙，
就让风沙把我埋掉

县委根据实际情况，制定了"县造县有，社造社有，房前屋后植树归个人所有"的鼓励政策，也就是说，县里造林归县里，集体造林归集体，个人造林归个人。集体种树实行包工、包产、包成本、包质量，相同的劳动，相同的报酬。把土地让出来当苗圃，还有粮食做奖励。

实验坚定了群众的信心，政策调动了群众的积极性，全县有造林任务的六十二个生产大队都建立了造林专业队。一个个孕育森林的苗圃建立起来了，他们撒下希望的种子，长出绿色的树苗，就等着大规模种植。

一九五八年春节前夕，谷文昌和樊生林、陈维仪、王治国等县委领导纷纷下乡,到各乡镇和村去发动群众种树。他们发现,受风沙危害的东山群众都明白一个道理:不改变恶劣的环境,人们就无法生存,无法劳动,无法延续生命。只是要在沙丘上种树,他们没有必胜的信心。

谷文昌在群众面前指天发誓:"不治服风沙,就让风沙把我埋掉!"

大家吓了一跳,这可不像一个县委书记说的话。

一九五八年二月二十四日,农历大年初七,在东山县委的会议上,谷文昌做了题为《乘风破浪,加速建设社会主义新东山》的报告,代表东山县委向全县人民发出号召:"今年绿化光秃山,明年绿化飞沙滩,四年绿化全东山。"

紧接着,县委充分吸收各方面意见,把号召概括为:"上战秃头山,下战飞沙滩,绿化全海岛,建设新东山。"这四句话,听起来铿锵有力,简单明了,老阿婆能记住,小学生也能记住。

一九五八年三月十二日,历史会永远记住这一天。谷文昌带领陈掌国来到林业站,他像一个决战前的将军做着最后的检查部署。林业站的吴志成、蔡海福、林嫩惠几个人，春节期间都住在站里，一切准备工作就绪，谷文昌很满意。

东山县全民植树造林的总攻就这样打响了。县直机关干部、驻军、工人、农民、店员、学生，全县主要劳动力派往两个地方：一是到海滩运输淤泥，二是到山口村、湖坛村和白埕村挖坑倒泥和植树。这是一场人民与沙灾的大决战，谷文昌担任总指挥，驻岛解放军首长和有关部门负责人担任副指挥。

这一天，天气阴沉沉的，刮着南风。谷文昌和东山县直机关干部扛着锄头步行四公里，来到白埕村造林地点，和五百多名群众一起，在千亩飞沙滩上种下了两万多株木麻黄。第二天，谷文昌他们又在湖塘、山口、梧龙等地摆开战场，赵林春、吴志成、蔡海福、林嫩惠、林龙光都是现场的技术指导。

大家按照林业技术员的要求，用泥浆把树的根部包好，然后将树放入挖好的坑内，再用泥浆填满，用脚踩实，浇上水。山口村、湖坛村、白埕村这些风沙重灾区，过去是很少有人能把脚印留在沙滩上的，而今竟然有成千上万的人在这里的荒沙滩种下希望之树。

在这个庞大的队伍中，有白发苍苍的老人，也有裹着小脚的妇女，甚至有怀抱婴儿的母亲，母亲边植树边给孩子喂奶，心中渴盼着等自己的孩子长大后，不再受风沙的侵扰。还有那些嘲笑过谷文昌的老农民，今天成了表现最积极的种树人，仿佛要向谷文昌表达歉意。在红领巾的队伍中，可以看到谷文昌的孩子，从大女儿谷哲慧，儿子谷豫闽，到小女儿谷哲芬。

谷文昌在现场除了自己种树，还指导别人种树。他对种树的要求比林业技术员还严格，要求每个树坑的深度、宽度都必须达标，要求多浇水。"这里是沙地，水要多，要把根踩实，才经得起风沙。"谷文昌说。

很多很多人，都是在这几天见到谷文昌的。以前，人们常听说谷文昌要种树，而且非种不可，大家是半信半疑的。今天，人们终于看到这个谷文昌真的在树种，而且跟大家一样，吃的是夹着风沙的馒头，喝的是苦水。

不治服风沙，就让风沙把我埋掉

在那些种树的日子里，谷文昌强忍着胃病、肺病的折磨，全身心扑在植树造林工作上。在沙滩上，在苗圃里，在荒山坡，处处都有谷文昌身披斗篷、永不疲倦的消瘦身影。人们很难相信，这个衣服上打着补丁、脚上没有穿鞋的人，竟然是东山县最大的官。东山人民从未如此团结，从未有过如此巨大的力量，他们迎着扑面而来的狂风，奏起绿化进行曲。

谷文昌挥汗如雨，群众从他身上看到了盼头，看到了时代之光，看到了东山的未来；体会到心系百姓、造福人民的情怀；学习到他尊重科学、实事求是的精神；感受到他坚忍不拔、百折不挠的意志。谷文昌鼓舞、激励着东山人民，勇敢地与风沙搏斗，与贫穷落后抗争，用辛劳和智慧，去实现祖祖辈辈的绿色梦想。

东山人民世代积蓄的那种求生存的本能，化作了高涨的热情，一连四天，东南沿海的茫茫飞沙滩上人山人海，一片沸腾，共种下二十多万株木麻黄，并在全县各个山头种上了大量的相思树、桉树、马尾松等树苗。

人们欣赏着这绿色的生命，忘记了疲劳，翘首企盼新生命的复苏。精诚所至，金石为开。东山连降喜雨，种下的木麻黄大面积成活了。

一九五八年十二月二十日，东山县再次举行植树造林誓师大会。这一次的大会，是在总结经验教训、掌握科学规律、做好充分准备的基础上召开的。

群众奔走相告，他们互相问："东山这只'沙土蝴蝶'，真的可以变成'绿色蝴蝶'吗？"

狗吃猪肝有罪

西埔村的几十个农民在亲营山风沙口种树,忙了一上午的生产队长林坤福冷得不行,中午喝了几杯随身带来的米糠酒。不料,疲劳的林坤福有了酒意,竟然在树苗底下睡着了。

林坤福梦见木麻黄长成参天大树,越睡越惬意。一觉醒来,天已黄昏,其他人都准备收工回家了。林坤福吓了一跳,他猛然想起,上午自己种的木麻黄还没浇水。糟了糟了,天不下雨,苗不浇水,海边的风沙这么大,这些木麻黄必死无疑。

林坤福慌了神,赶紧拉住几个还没离开的年轻人,一起给木麻黄树苗浇水。大家在海边沙地的低洼处寻找淡水,林坤福觉得脚下湿湿的,伸手一挖，沙里竟有水。大家喜出望外，这么近就有水，真是太好了。夜幕降临，大家就摸黑给树苗浇水。

好了，搞定！大家扛起锄头，准备回家。其中一个人感觉不对劲，用手指蘸上水，放在舌尖一舔，一下子瘫在沙地上，原来他们浇的是海水。浇树苗必须用淡水，海水含盐，是不行的。林坤福听说自己给树苗浇的是海水，简直不敢相信自己的耳朵。他亲自尝了尝水的味道，果然是咸的。

林坤福毕竟是个有经验的农民，遇事镇定，他对几个年轻人说："你们先回家，我留下来处理。"

林坤福挑起水桶，到水潭挑水重新浇灌树苗。一勺一勺地浇，一趟一趟地挑，林坤福孤军奋战，一口气干到第二天中午，才把那些木麻黄全部浇完。

筋疲力尽的林坤福悄悄回家，不敢声张，生怕那些浇过海水的树苗被咸死。一辈子都在跟农作物打交道，还会犯用海水浇树苗这样的低级错误，林坤福丢不起这个人。他心里十分害怕，加上劳累过度，竟然一病不起。

奇迹发生了。几天后，谷文昌检查西埔村植树点时,发现其中一片成活率特别高,一打听,原来是林坤福种的。谷文昌很高兴,要见见这位生产队长,看能不能总结出什么经验,在全县推广。又听说林坤福生病了,于是他登门看望。

林坤福见到谷文昌,比新生见到校长还紧张,心想,这么大的官找上门来,肯定事情闹大了。林坤福连忙从床上坐了起来,惊慌地说:"谷书记,我是狗吃猪肝,有罪啊!这事都是我的错,跟其他人无关。"

"什么叫'狗吃猪肝'?"

站在谷文昌身边的陈掌国回答说:"这是一句东山俗语,猪肝是上等菜肴,狗吃了猪肝就等于犯罪。"

这不是胡言乱语嘛!看来这个生产队长病得不轻。谷文昌安慰道:"老林,你先养好病,病好以后,我要你在大会上跟全县的生产队长说说。"

难道要在大会上做检讨?那不等于是被拉到讲台上罚站吗?林坤福吓坏了,恳求谷文昌:"谷书记,能不能不到大会上说?"

"要说要说。"谷文昌给他打气,"老林,你不要有什么顾虑，有什么就说什么。"

"谷书记，那我就有什么说什么了，我向你检讨。"林坤福鼓起勇气，把那天喝酒后睡着，摸黑用海水浇树苗，再补浇淡水的经过一五一十全都说了出来。

谷文昌听了哈哈大笑，这才明白是怎么回事。谷文昌让林坤福躺好，握住他的手说："老林啊，你这不叫犯罪，最多叫错误，而且歪打正着。你就别再检讨了，这件事说明，木麻黄不仅抗干旱，抗风沙，还耐咸。你浇了海水，再兑淡水，木麻黄居然活了下来，而且还长得不错。这就给了我更大的信心，木麻黄这个先锋树种，我们是找对了。"

听了谷文昌一席话，林坤福问自己："难道那些木麻黄都活了？难道谷书记原谅我了？"

树种多了，自然就悟出来了

蔡海福是个"树痴"，他参加了第一期木麻黄育种培训班，培育出第一批木麻黄树苗，在湖塘的沙滩上种上了第一棵木麻黄。在东山植树造林的热潮中，蔡海福亲手栽种下的木麻黄不计其数，他还成为一名护林员。

木麻黄树林就是蔡海福的家，无论白天还是夜晚，无论台风还是暴雨，无论天寒地冻还是阳光明媚，蔡海福都坚持在树林中巡逻。被牲畜踩踏的树苗，蔡海福及时扶正养护。对破坏树林的行为，蔡海福处理起来绝不留情。

蔡凤娥是蔡海福的独生女，蔡细娥是蔡海福的亲侄女，平日里，她们是蔡海福的掌上明珠，蔡海福巴不得把月亮摘下来给她们当球踢。这一天,姐妹俩去海滩拾猪草,捡了几根木麻黄的枝丫回来。她们想着这些枝丫掉在地上,不捡也是浪费。

万万想不到,蔡海福发现了这些木麻黄的枝丫,十分生气。看他发怒的程度,仿佛姐妹俩犯下了滔天罪行。蔡海福反复观察枝丫的折口,认定不是她们新拗断的,才没有揍她们,只是把她们大骂一顿。

蔡海福把姐妹俩拎到大队,请大队干部主持处理。大队干部首先表扬蔡海福不徇私情,同时也批评他冤枉了两个女孩,因为她们捡的枝丫是护林队从木麻黄树上修剪下来的,所以,可以不用罚。

蔡海福告诉村干部:"她们的草筐里有绿树枝,是偷折的还是捡到的,说得清吗?我是护林员,我家孩子的草筐里有绿树枝,别人看到会怎么想?自己的孩子不处罚,我怎么去教育别人的孩子呢?"

大队干部明白了,蔡海福是想通过这件事来教育大家,共同保护木麻黄。于是,大队干部按照村规民约,对她们罚款五角钱。当时的五角钱可多了,一个壮劳力一天的收入也就大概一元钱。

这件事一传十,十传百,很快全村都知道蔡海福对自己的女儿罚款的事了。从此,湖塘村再也没人敢偷木麻黄的树枝。

此事深深感动了谷文昌,他详细了解情况后,在全县林业会议上表扬了蔡海福:"这位护林员在湖塘村辈分很高,乡亲们大多称他叔公。然而,为了东山岛的绿化,他六亲不认。村里人对他敬而远之,抱怨他铁面无私,不再称他叔公,直接叫他蔡海福。我们植树治沙的伟大事业需要蔡海福这样的人,全县人民都要向他学习。"

从此,谷文昌每次来湖塘村,都要看望蔡海福,因为他心里敬重这位恪尽职守的护林员。

在低矮黑暗的小瓦房里,谷文昌和蔡海福一起卷喇叭烟。喇叭烟是用自己切的烟丝和火柴盒那么大的烟纸做的,撕一张烟纸,抓一点儿烟丝捻成长条形放在纸上,卷成喇叭形,伸出舌头舔湿纸边粘起来。这种喇叭烟是买不起香烟的穷人抽的。蔡海福没想到,堂堂县委书记也抽。那个亲切呀,好比出国旅游碰到小时候的同学。

谷文昌吸一口喇叭烟,赞赏地说:"你种了那么多木麻黄，能跟我说说有什么体会吗？"

蔡海福也吸一口喇叭烟，吐出大大的烟圈说："过去，我们总以为春天最适合种木麻黄，现在，吸取了倒春寒的教训，明白了夏季雨天种木麻黄最容易活。但是，也不是夏季的所有雨天都适合种木麻黄的。"

谷文昌来了兴致："噢，还有这回事？你说下去。"

"比如，遇到北风天，即使下雨也不适合种木麻黄，会枯梢。"

谷文昌听得入了迷："那什么天气种最合适呢？"

蔡海福把烟蒂丢到地上，踩灭了说："根据我的经验，刮南风的下雨天种下的木麻黄最容易成活。"

直到烟头烧痛了手指谷文昌才发觉，他太高兴了："海福，你是我们东山一宝啊。"

蔡海福憨笑着说："其实也没什么，树种多了，自然就悟出来了。"

一个县委书记，一个护林员，这个时候，他们是一个战壕里的战友。

东山县赤山林场刚刚建立,急需一批育苗造林技术员,谷文昌推荐蔡海福过去。谷文昌对大家说:"我了解蔡海福,他是植树造林的土专家,他的知识是种树种出来的,不是从书本上读来的。"

很多人还是怀疑,这样的大老粗能行吗?

下雨就是命令

木麻黄简直是"见风长",比发育期的孩子长得还快。种植成活后,几个月就能蹿到三米多高,不但能抵挡台风,还能把沙子固定在树底下。木麻黄成年后,树干笔直,枝繁叶茂,树高可以达到三四十米。

木麻黄的叶子像松针,又像马毛,每根针叶分为十几到三十多节,每节大约一厘米。这就是木麻黄能抗击台风的关键,叶子这么细长,风沙再大,也只能吹断几节,不影响它的整体生长。不像阔叶林,一阵风沙就能把整棵树的叶子捋光光。

当然,木麻黄也不是神树,寿命只有三五十年,不像榕树,可以活好几百年。木麻黄的木材经济价值不高，不像松树可以割松脂，也不像杉木可以盖房子打家具。可是，木麻黄一旦构成防风林，就可以有效抗击台风、遏制沙化，为其他经济作物、农作物生长创造条件，是东山岛治沙最需要的。

一九五九年十二月二十日，东山县委又一次召开全县军民植树造林誓师大会。谷文昌代表县委提出了绿化东山的新目标：举首不见石头山，下看不见飞沙滩，上路不被太阳晒，树林里面找村庄。

县委把植树造林指挥部设在风沙严重的黄山村的一座破庙里。有人劝谷文昌："你是县委书记，在办公室指挥就行了。"

谷文昌回答："指挥不在第一线，等于空头指挥。"

雨天种木麻黄成活率最高，于是，一到下雨天，有线广播就马上播送造林紧急通知。各级干部听到紧急通知，立即穿起蓑衣，戴起斗笠，扛起锄头，操起铁锹，抱起树苗，率先冲进雨幕。百里海滩上全是造林大军，那个干劲冲天的场面，即使懒汉看了也会热血沸腾。

谷文昌就是造林大军中的一员，他听到雨点落在沙地上细细的声音，淅淅沥沥，响个不停。曝晒得滚烫的沙丘凉爽起来，散发出独特的雨水气味。成群的鸟儿也飞过来凑热闹，它们尽情高唱，欢迎大家的到来。沙土散发出甜丝丝的温暖气息，谷文昌的双手和泥土接触在一起，感到非常舒适。他每次种下的树苗，都是那样均匀，那样妥帖，他就像一个接生婆，把新生的婴儿安放在襁褓中。

谷文昌带头唱《团结就是力量》，跟唱的人越来越多，旋即歌声响成一片："团结就是力量，团结就是力量，这力量是铁，这力量是钢，比铁还硬，比钢还强……"

把"沙土蝴蝶"变为"绿色蝴蝶"真的有希望了，谷文昌和樊生林等人研究决定：全县的干部群众都要做好种树的准备，要像部队一样进入战备状态。下雨就是命令，大家都要服从这个命令，听从老天爷指挥。

从此，东山人民养成了这样的习惯：一下雨，广播里马上播送造林紧急通知，干部群众、驻岛部队冒雨出动，荒山、沙滩布满造林大军，于是歌声同雨声齐飞，汗水与雨水交流。

在那些日子里，只要落下几滴雨点，哪怕飘过一片乌云，谷文昌都会兴奋得像听到放学铃声的小学生。就算在端着饭碗吃饭，他也要在院子里仰望天空，好像天上会掉下红烧肉来。即便在睡梦中，他也支起耳朵，比猎狗还灵敏，一听到风声雷动，立刻披衣下床。为了下雨，为了种树，谷文昌真的着了魔。

东山人民也着了魔，大家清明必种树，雨后必种树，不用上级通知，不用领导指示，全靠自觉。从县委书记到小学生，在植树治沙活动中达成惊人的默契。

只要连续几天烈日当空，老阿婆就要向天"求雨"，年轻人则谦虚地向阿公请教："老人家，你会看云识天气吗？能不能告诉我，哪一天会下雨？"

谁折断一根树枝，就是折了我的手指

播种需要耕耘，上课需要复习，种树需要管树。谷文昌对木麻黄种植的要求是：造一片成一片，发展一片巩固一片，保种保活保生长。

全县建立了六十二个林业队，组织护林员一千一百多人，广泛开展护林教育，加强病虫害防治。县政府专门下发文件，对小树苗要实行"妈妈式"管护。

干旱幼树不返青怎么办？头顶烈日，脚踩烫沙，磨破肩膀也要挑水浇树。

遇到台风天气怎么办？及时挖开掩埋幼苗的沙土，把被吹歪了的树苗扶正。

肥料不足怎么办？下海捞小鱼小虾积肥喂

幼苗。

谷文昌想，成活的木麻黄需要管理和保护，种树需要工具，养护树苗也需要工具呀。于是，谷文昌来到县农械厂，请师傅帮他打制一把小锄头。

从那天开始，谷文昌下乡就带一把剪刀、一把小锄头，看见歪倒的小树就扶起来，看到该剪的枝杈就随手剪掉，看到树底下干涸就培土浇水。谷文昌像幼儿园阿姨爱护小朋友那样爱护树苗，他见人就说："谁要伤一棵树，就是伤了我的胳膊；谁折断一根树枝，就是折了我的手指。"

白埕村是风沙重灾区，那里的防风林造好后，谷文昌放心不下，隔三岔五来查看。他总是悄悄地来，也不告诉大队干部，把自行车放在路边，走向林地，蹲下身子，像抚摸自己的孩子那样摸摸这棵树，摸摸那棵树，吹去树上的沙土，剪掉多余的枝条，挖松板结的土。

这一天，谷文昌像往常一样，扛着小锄头，顶着风沙，与护林员蔡海福并肩走在茫茫的飞沙滩林带巡查。突然，谷文昌停住了脚步，旋即快步走向前，蔡海福紧跟谷文昌，发现不远处几株木麻黄幼苗歪倒了。他们一同蹲了下来，发现几个牛的脚印清晰地印在树苗上，有的不偏不倚正好在树的根部，使幼小的树根露出来，甚至折断。

谷文昌痛心地对蔡海福说："十年树木，百年树人，栽活一棵树多不容易。谁这么不小心？这不是要我的命吗？"

谷文昌跪在沙地上，把一株株被踩倒的树苗重新扶正、培土、浇水。

"喊破嗓子，不如干出样子。"谷文昌是这么说的，也是这么做的。他的实际行动，蔡海福看在眼里，全县人民也看在眼里。在谷文昌的带动下，全县管树护林蔚然成风。

谷文昌要把植树事业像家业一样，一代代传下去，让东山人民把种树作为人生的必修课，而且要从娃娃抓起。

山口村、白理村、和坛村的学生们在谷文昌的带领下，学会了种树和养树护树。一个月过去，两个月过去，木麻黄活了，长大了，慢慢抽出新叶，挺直腰杆，不再枯萎和倒下，不再畏惧风沙的暴虐。

这一天早晨，强劲的海风掠过木麻黄的树梢，小小的一片树林就醒了。它们互相致意，清脆响亮地喧哗起来。一群学生来到树林中间，小树高昂着绿枝萌发的头，在空中随风骄傲地摇摆时，大家都笑了。谷文昌见状也笑了，热泪从他布满皱纹的眼角流出。

一位学生在他的作文中写道："谷文昌书记双手叉在腰间，敞开打补丁的衣襟，用破旧的帽子擦去脸上的汗珠，消瘦的脸上绽开粗糙的笑纹。那是多么爽朗的笑啊，笑绿了荒沙丘，笑出了东山人的欢乐与幸福。"

听说孩子种的树也长大成林，乡亲们都高兴地徜徉在小树林中，这不仅仅是一片小树林，而且意味着植树治沙有了接班人，有了未来。

谷文昌笑了！同学们笑了！乡亲们笑了！多少年、多少代的盼望，今天呈现在眼前，沙丘有了绿色的生命。

被木麻黄过滤的海风不再夹带沙土，而是和煦如春风，宛如一只温暖的手，抚摸世世代代受伤的东山人。跟同学们一样，谷文昌的快乐是童真的快乐,风把他们的快乐传遍东山岛,传遍整个龙溪地区,传遍整个福建省。

　　一位老阿婆心里还是怕怕的,不敢相信自己的眼睛,她紧紧攥住老伴儿的手问:"风沙这个恶魔,真的被谷文昌捆住了吗?"

小喇叭里谈种树

一九六二年,广播站干部朱才茂去省城福州开会回来,找谷文昌汇报工作,反映广播站发不出工资、职工生活有困难的情况。

谷文昌听完,马上挂电话到县财政预算股股长刘姜办公室:"老刘呀,广播站的同志工资领不到,应该给人家饭吃嘛!"

刘姜马上答复:"我这就拨钱过去。"

谷文昌又说:"还有件事,现在中央对有线广播很重视,尤其是海岛边防,要求不能利用电话线搞广播,要建立独立的广播网。你想啊,广播和电话同一根线,广播一响通不了电话,有人打电话就中断广播,那怎么能行呢?村村埋电杆、拉铁线,户户安喇叭，都要钱呢。"

"需要多少钱？"刘姜直接问。

谷文昌转头问朱才茂，得到确切的回答后，对着话筒说："广播站的同志预算过了，需要十万元。"

"可是谷书记，县财政没这么多钱呀！"刘姜急了。

谷文昌略加思忖说："你看这样行吗？让七个公社各自出一万元，其他的三万元由县盐业管理处出。"

过了两天，刘姜找到朱才茂，告诉他建立广播网的经费已经落实。朱才茂听了特别高兴，他从电线杆上下来，握住刘姜的手，连声说谢谢。就这样，福建省第一个县级有线广播网在东山建成了。

建好村村通、户户通的小喇叭，谷文昌开始思考怎么让小喇叭发挥更大作用，更好地为植树治沙做贡献。谷文昌到广播站看望工作人员，希望他们经常下乡采访，多报道基层植树造林的典型。谷文昌对他们说："广播站是全县人民的，应该多了解群众爱听什么，要让小喇叭成为老百姓的朋友。"

后来，东山县广播站的小喇叭里就增加了医疗卫生知识、评书故事等内容，受到广大群众的普遍欢迎。有一个妇女，边煮饭边听小喇叭讲故事，竟然把水烧干都忘记下米。一个老大娘说："看病不用去医院了，广播里有医生。"

有一次，谷文昌散步来到广播站，与工作人员谢溪添聊天。讲到如何让广播节目通俗易懂，谷文昌给他提了个建议：创作一首以植树治沙为题材的方言故事诗。"植树造林治风沙的工作需要再鼓劲，再加温，同时还要让大家知道，造林难，护林更难。故事诗便于朗诵，既有故事可听，又像诗一样朗朗上口。我们的听众大多是文盲，不懂普通话，用方言创作，他们听起来亲切。"谷文昌一席话，说得谢溪添频频点头。

谢溪添有了信心，很快就创作出方言故事诗《兰投伯回乡记》。"兰投"在东山方言中是一种草本植物，故事讲的是：以前东山岛的沙滩贫瘠得连兰投都种不活，兰投伯只好下南洋到了新加坡，后来它回到故乡，才发现这里已发生了翻天覆地的变化。

故事诗播出后,听众反响非常大,好评如潮,进一步鼓舞了群众植树造林的士气。人们津津乐道兰投伯的故事,同时批评故事中有人贪小便宜乱砍树枝的行为。谢溪添还把这首故事诗投稿到《侨乡报》发表,扩大了影响。

谢溪添再接再厉,又创作了一篇讲移风易俗的故事《林大姨好教示》。这个故事在东山播出后参加福建省会演,成为东山县第一个在省里获奖的文艺作品。

"同志们,同志们,请大家注意了,明天有中雨,是种树的好日子。大家今天抓紧准备树苗和工具,机关除了值班人员全部参加植树造林,学校停课,工厂停工,让我们上战秃头山,下战飞沙滩,把植树治沙进行到底……"

一到中午、晚上吃饭的时间,东山家家户户门框上面的小喇叭就开始广播。那个时候没有电视,能看懂报纸的人很少,小喇叭就是信息沟通的最重要渠道。这阵子是雨季,是种树的黄金时期,动员种树的通知,小喇叭隔三岔五就播一次。

小喇叭的人气越来越旺,听众越来越多。县委在小喇叭里一声令下,群众家家收得到,听得进,入耳入脑入心,种树的进度更快了,养林护林更有效了。

东山人打招呼不再问:"你吃了吗?"而是问:"你听小喇叭了吗?"

砍一棵树，罚种一千棵

木麻黄长大了，可以当木材用了，谷文昌担心的就不再是树能不能种活，会不会被踩死，而是如何防止被偷砍。木麻黄虽然不是上好的木材，但毕竟能当普通木材用。东山岛上的每一棵树都是谷文昌的命根子，真是操不完的心。

一天，白埕村的书记林龙光来县委汇报工作，谷文昌第一句话就问："你们村有人砍树吗？打江山容易，守江山难，你要守好江山。"

林龙光回答说："谷书记，我们定了严格的制度，谁折一根树枝，就罚他给村里每家每户发一包糖。"

"我们的树长高了，我不怕折枝，怕被砍。你说，砍树的怎么处理？"

"重罚，五十元到一百元，看情况。"

那个时候的五十元可是一笔巨款，普通工人的月薪不到三十元。谷文昌跷起大拇指表扬林龙光："对偷树贼，就是要重罚，绝不手软。我抽空下去看看。"

有一次，谷文昌来到村里，远远地眺望，迟迟不动。恰好林龙光正在地里干活，见一个人在田头发呆，走近一看，哟，这不是我们的谷文昌书记嘛！

林龙光靠近了问："怎么了，谷书记？"

谷文昌自言自语："那边的树少了。"

林龙光顺着谷文昌的目光远望，什么也没发现，远处不就是农家嘛！

"走，去看看。"谷文昌拉起林龙光就跑。

两人跑近了一看，林龙光吓出一身冷汗。原来，这户农家不久前盖房子，墙被树挡了，就砍了两棵树，给墙让路。木麻黄长得快，几年的时间就直冲蓝天，密密麻麻的，形成一片宽阔的林子。这么大的林子，少了两棵树一点儿都不显眼。林龙光奇怪的是，这个谷文昌是怎么从那么远就看出来的呢？

谷文昌看出林龙光的心思，对他说："每棵树都是我的命根子，命根子少了，我能看不出来吗？"

林龙光怯怯地问："那我怎么看不出来？"

谷文昌没好气地说："因为它们在你心里不够重要。"

林龙光很惭愧，为了将功补过，赶紧把户主叫出来问话。

户主叫徐严富，刚跨出门槛，谷文昌就厉声问："是你砍的树吗？"

徐严富认识谷文昌，还一起种过树呢。他没想到县委书记会亲自管两棵树，吓得一时答不上话。

谷文昌转向林龙光："是你让他砍的？如果是你让他砍的，我要送你进监狱。"

林龙光摇手说："不不不，我没让他砍。"

谷文昌又问徐严富："那就是你自己砍的？"

徐严富盯住自己的脚尖，小声说："是，我盖房子。"

谷文昌点点头，吓唬他说："那好，你到公安局去自首，该判刑要判刑，该劳改要劳改。"

林龙光惊呆了，他从没见过一向平易近人的谷书记发这么大的火。"谷书记，这样处理会不会太重了？"林龙光替徐严富说情。

谷文昌指着徐严富说："我认得你，上次种树，大家都走了，你一个人还在种，表现很好，怎么会糊涂到砍树呢？你去劳改，谁帮你盖房子呀？这样，我罚你种一千棵树，一个月内种完。我要来检查，看看种活了没有。"

"谷书记……"徐严富哭了。

谷文昌还在生气："我要求你种一棵，活一棵，棵棵都要活。还有你林龙光，身为支部书记，监管不力，你要为他专门划出一片沙地来。"

一个月后，谷文昌悄悄来到村里，在徐严富新种的那片林子里清点树苗。林龙光发现了谷文昌，拉上徐严富赶到现场。

谷文昌数完树苗，怒斥他们："你们作假！"

"谷书记，真的补种了。"林龙光着急了，"林业队督促他补种的。"

"你知道他补种了多少棵?"谷文昌问。

在场的人,你看看我,我看看你,答不上来,因为没人数过。

"我数过了,一共是九百九十八棵!"谷文昌说。

林龙光松了一口气,惭愧地向谷文昌承认错误:"谷书记,我们工作做得不够细致,马上叫徐严富补上!"

不料,徐严富死活不承认自己少种了两棵,越说越激动,非要拉着林龙光重新数一遍,还他一个清白。大家现场再数一遍,原来有两棵树苗比较弱小,徐严富把两棵合种在一个坑里了。徐严富答应再补种两棵,才平息了谷文昌的愤怒。

徐严富私下问林龙光:"这个谷文昌比地主老财还抠门,他是县委书记吗?"

"沙土蝴蝶"变成"绿色蝴蝶"

东山岛先后植树八万二千亩,四百多座山头,三万多亩沙滩,全部披上了绿装。一百七十七条宽五十至一百米,总长达一百九十四公里的林带,覆盖了东山全岛。一排排木麻黄四季常青,昂首挺立,在三十八公里长的海岸线上构成第一道屏障。接着,美国湿地松、日本银桦、法国梧桐也相继站稳了脚跟,形成第二道绿色屏障。蜿蜒的海岸线上,两道绿色屏障牢牢缚住肆虐千年的风灾,昔日风沙的怒吼已成了林涛阵阵。

用材林、经济林次第展开,纵横交错,宛如一条条绿色长龙,顶狂风,镇飞沙,抗怒涛,环护着田园村舍。东山县林地面积已达十二万亩,整个海岛森林覆盖率达36%，绿化率达96%以上，岛上林带风力减弱了41%—61%，冬天气温平均提高了一点五摄氏度，蒸发量减少22%，相对湿度提高了10%—25%。

"林成片，地成方，大路两旁树成行"，岛上不仅美景如画，而且扩大耕地一万多亩，改良农田七万多亩，提高了复种指数，出现了林茂粮丰、百业兴旺的景象。过去颗粒无收的沙地，如今什么都能种，什么都种得好。荔枝、龙眼、芒果等，在这里安家落户，种什么，收什么。

在谷文昌的倡导下，全县村村订立了护林公约，成立了护林队。昔日的一个个沙荒村，彻底摆脱了风沙之苦，人们生活在绿树成荫、花红草绿的优美环境中。群众高兴地说："人种了树，树保了地，地增了粮，粮养了人"，"林带就是粮带、钱带、生命带"。一片片枝繁叶茂的木麻黄树林，被群众亲切地称为"文昌林"。东山的百姓说："没有谷书记，就没有我们今天的幸福生活。"谷文昌兑现了他对全县人民的承诺，他描绘的蓝图变成了现实：东山人终于从根本上治服了风沙，改变了恶劣的生态环境，创造了奇迹。

东山岛这只"沙土蝴蝶"变成了"绿色蝴蝶"，展翅飞翔在祖国的东南沿海。

东山造林成功，轰动全省，乃至全国。东山岛成为福建，乃至华东区林业战线的一面旗帜，当时，福建全省沿海沙荒面积多达七十万亩，受到不同程度风沙侵害的农田一百多万亩，风沙是福建最大的灾害。谷文昌的"东山经验"，给八闽大地提供了范本。一九六二年十月十八日，《福建日报》在头版刊登消息，并发表社论《学东山大造林》。福建省委书记叶飞号召："希望我省沿海地区有更多的东山县。"很快，全省掀起了"学东山大造林"的热潮，木麻黄为绿化福建再建奇功。

一九六四年四月，谷文昌接到周恩来总理签发的任命书，让他到福建省林业厅担任副厅长，在福建治理风沙的工作中发挥更大作用。

即将阔别工作生活十四年的东山岛，谷文昌心情难以平静。蔡海福陪同谷文昌登上赤山林场山丘上小小的八角楼。谷文昌已记不清自己多少回在这里观测木麻黄林，可今天，他有着与往常不一样的感受。谷文昌深情地眺望着无垠的林海,聆听此起彼伏的涛声,不禁心潮澎湃。十四年啊,是艰苦的十四年,也是快乐的十四年,更是成功的十四年。

此时此刻,谷文昌的眼里噙满了泪水,他想起可亲可敬的东山群众,想起英雄的驻岛解放军,想起一起工作的干部,正是他们呕心沥血、无私奉献,共同战胜了沙灾,见证了时代巨变。再见了,英雄的海岛,英雄的人民,英雄的军队;再见了,我心爱的木麻黄;再见了,我的第二故乡……

多年后,谷文昌在病重弥留之际,一只绿蝴蝶停在病榻前,他深情地说:"看哪,它就是美丽的东山,我和东山在一起。我喜欢东山的土地,东山的人民。我在东山干了十四年,有些事情还没有办好。死后,请把我的骨灰撒在东山,我要和东山的人民、东山的大树永远在一起,我要长眠在绿蝴蝶的怀抱!"

临终前,谷文昌吩咐家属,要将家中的电话机、自行车交还公家。在谷文昌人生的最后时刻,漳州市区天降大雨,雷声震响。

"沙土蝴蝶"变成"绿色蝴蝶"

一九八一年一月三十日,谷文昌在漳州病逝。噩耗传到东山,东山的树静静地默哀,东山的水呜咽悲鸣,东山的人民泣不成声:"谷书记,没有你哪有我们的今天!"

一九八七年七月十五日,谷文昌的骨灰被安葬在东山县赤山林场,在茫茫林海中树起一座"谷文昌同志万古长青"的丰碑。

一九九〇年,东山全县党员、干部、职工、学生几万人捐资,为谷文昌建造了一座半身雕像,十二月十日,上万人参加雕像揭幕仪式。昔日的乞丐村——山口村全村老幼来到雕像前表达他们的思念:"谷书记,您生前种树,死后还回东山看护着树林。"

一九九一年,福建省委、漳州市委发出"向谷文昌同志学习"的号召。

二〇〇九年九月,谷文昌被评为"100位新中国成立以来感动中国人物"之一。

谷文昌南下后把中原的先进生产技术、工具介绍到东山,又把南方的生产经验传播到他的家乡河南林县。两县人民合力在他的家乡建立"谷文昌纪念馆"。

　　四十多年过去了,东山群众面对蓝天碧波,目睹"绿色蝴蝶"翩翩起舞,无忧无愁,抚今追昔,怎能忘怀当年与他们同甘共苦的谷书记呢!

　　今天,展现在人们面前的,是一个充满魅力的东山,是一个生机勃勃的东山,是一个和谐幸福的东山,是一只展翅高飞的"绿色蝴蝶"。

永远的思念

谷文昌长眠在东山岛,他是赤山林场的植树人,却一生都没用过一块像样的木材,现在,他拥有整片的森林。

又是一个清明节,谷文昌认识的、不认识的,本地的、外地的,许许多多的人都来了,他们默默站在这位县委书记的塑像前,表示无限的敬意。敬悼过这位绿化东山的先锋模范之后,这支自发组成的队伍走向一块荒地,种上一棵新树苗。继续植树造林,就是对谷文昌最好的怀念。

每一年的清明节,东山的父老乡亲扶老携幼,络绎不绝拥至谷文昌墓前,献一捧鲜花,寄托无限缅怀。做完这些,再给自家的祖先扫墓。渐渐地,

"先祭谷公,后拜祖宗"就成为东山的新习俗。

如今的山口新村,整洁笔直的村道,鳞次栉比的楼房,林荫下悠闲漫步的老人,欢呼雀跃的孩子……好一座幸福洋溢的村庄。

不知哪家农户在播放《只为百姓梦圆》的歌曲:

> 又见袅袅炊烟,又见群群飞雁
> 你播撒一路春风,只为百姓梦圆
> 又见如黛青山,又见如虹长堤
> 你抛却一生名利,只为百姓梦圆
> 谁说流水无意,岁月无痕
> 谁说落花无情,往事如烟
> 请听山的诉说,请听海的呼唤
> 政声人去后啊,丰碑在人间

东山岛这只"沙土蝴蝶"变成了"绿色蝴蝶",在碧波万顷的东海上翩翩起舞。东山人世世代代遥不可及的梦想,终于在谷文昌的带领下实现了。

一位著名电影导演来到东山岛,望着绿色的林海,万分感慨:"如果说,阿联酋的迪拜是用金钱堆起来的,美国的拉斯维加斯是用金钱堆起来的,那么,东山岛这只'绿色蝴蝶'则是依靠谷文昌的精神力量、依靠人民的集体力量造就的,是典型的中国制造。"

有位老兵从台湾回东山探亲时,特地带来一袋树种,他看到昔日的荒滩变成茂密的森林,所有的山头都披上了绿装时,不由得惊呆了:"奇迹,人间奇迹啊!"

二〇一五年十月二十一日,一位回乡寻根谒祖的台湾著名音乐人在故乡东山岛深情演唱了自己谱写的歌曲《东山之光——谷文昌》:

朋友,欢迎你,来东山
海风中,鸟飞翔,浪漫白沙滩
当年东山岛,风沙灰茫茫
谷文昌,遍地种下木麻黄
让荒岛变绿洲
飘过风雨,迎向辉煌
谷文昌,永远的大家长

闻声，救苦，让百姓有梦想

谷文昌，永远的大家长

无私，忘我，人间正道，东山之光

谷公，您的故事，中国东山永流传

这位台湾同胞把祖籍地——东山的"父母官"谷文昌称为家乡"永远的大家长"，是如此情真意切。

"看见木麻黄，想起谷文昌。"谷文昌为东山留下千千万万棵木麻黄，千千万万棵木麻黄又从千千万万人的心里沐雨而生。

谷文昌，这个平凡又伟大的名字，岁月的洗礼，只能洗去他身上的风尘，洗不掉他精神的光辉，年代越久远，他的身影越挺拔。谷文昌有理想，有担当，他"不带私心搞革命，一心一意为人民"的高尚情怀，体现了一代代党员干部的纯粹和追求，必将荫泽后世，成为永恒的楷模。